Dello stesso autore in BUR

Tutto sommato

Gigi Proietti

Decamerino
Novelle dietro le quinte

Pubblicato per

da Mondadori Libri S.p.A.
Proprietà letteraria riservata
© 2015 RCS Libri S.p.A., Milano
© 2016 Rizzoli Libri S.p.A. / BUR Rizzoli, Milano
© 2018 Mondadori Libri S.p.A., Milano

ISBN 978-88-17-09060-5

Prima edizione Rizzoli: 2015
Prima edizione BUR: 2016
Terza edizione BUR Varia: novembre 2020

Realizzazione editoriale Compos90 s.r.l., Milano

Seguici su:

www.rizzolilibri.it   /RizzoliLibri   @BUR_Rizzoli   @rizzolilibri

Decamerino

Agli amici sinceri

1

Il Giubileo di Giubbileo

«Quando papa Francesco ha indetto un Giubileo mi è venuto in mente il mio Giubileo. Anzi, Giubbileo con due b. È il nome (o meglio il soprannome) del protagonista di una storia che si svolge in quella che viene definita la "Città Invisibile". La città dei barboni e degli homeless. È molto teatrale, l'ho pensata per la messa in scena, ma forse si può anche raccontare. Ve la racconto?»

Tutti i giovani attori e attrici che sono attorno a me mi pregano di farlo: sono curiosissimi.

«Quest'idea mi precipitò addosso all'improvviso qualche anno prima del Giubileo del 2000. Mi spaccò la testa e me la riempì delle immagini e dei suoni di un mondo che non si conosce e che non ha nessuna voglia di conoscere se stesso, la Città

Invisibile, perché nessuno la vuole vedere... ma siete sicuri di volerla ascoltare?»
Tutti: «Dài, racconta!».
«Ok.»

È buio. Nell'aria, in alto, magicamente appaiono le note gialle di un famosissimo tema disneyano... *I sogni son desideri*... la voce che lo intona, fuori scena, è bianca, tesa, come quella del pastorello pucciniano (*Tosca*) capitato lì per caso. Nella strada, *silhouettes* di figure si muovono rapide nel buio, dando l'impressione di una violenza terribile. Bastoni, lucichii di lame, calci e urla di dolore dell'uomo aggredito si mixano stridenti alla voce infantile che va avanti per nulla turbata... *chiusi in fondo al cuor...* urlo... *nel sogno ti sembran veri...* urlo più lancinante. L'uomo aggredito cade. Si accendono torce. Si intuisce che vogliono dargli fuoco. Sghignazzano con voci soffiate, concitate. Ma, improvviso, un acquazzone spegne tutto, anche la foga omicida degli aggressori che fuggono.

La vocina si allontana come nel tempo... *non giunga la felicità non disperar...* in assolvenza un chiarore viene su e ci consente di vedere un mucchio di stracci rimasti a terra, fumanti, sotto le ultime goccioline ritardatarie. Il canto è svanito. L'atmosfera è quella tipica del dopo-temporale. Ferma. Rumori lontanissimi, ovattati. Sbuca, non si sa bene da dove, forse dalle crepe di qualche monumento, un uomo, un barbone. Ha due grossi baffi neri che ricadono ai lati della bocca. Di solito indossa una camicia bianca e una strana giacca nera, sembra un vecchio frac.

Si chiama Silvestro, come il gatto dei *cartoon*. Lo segue uno strano personaggio. È un giornalista vestito secondo un'ineffabile interpretazione personale del suo mestiere. Pantaloni anni Cinquanta larghi, beige, punto vita ad altezza del torace, giacca a quadrettoni e, ciliegina, papillon giallo e bianco floscio.

Sta cercando di mettere insieme un servizio per la Rai, facendo interviste in quel mondo che definisce misero, povero, degradato, e dà queste definizioni quasi piangendo in empiti e improvvisi scoppi di *pietas*, al punto che sono gli stessi barboni che, impietositi, a tratti cercano di tirarlo su con pacche sulle spalle: «Coraggio, Piagnò».

Così lo chiamano: Er Piagnone.

«È morto?» domanda Er Piagnone tra le lacrime fatte di pioggia, indicando il mucchio di stracci.

«No, tranquillo» risponde Silvestro. «Chillo dice che non può morire. È come nu' cartone animato. Spesso je menano perché ha un progetto. Chi ha un progetto in questo Paese commette quasi nu' reato. Lui vuole organizzare qui in città un grande raduno dei rappresentanti di tutti i barboni del mondo: *Clochard, Vagabundos, Drop Out*. E vuole celebrare l'evento con una Sacra Rappresentazione, da compiere in strada durante il Giubileo. Per questo lo chiamano Giubbileo. Dice di conoscere le lingue...»

«*Yes, I do*» dice una voce soffocata e dolente da sotto gli stracci.

È vivo!

Interrompo il racconto perché bussano alla porta.

Tutti: «Eh no, un momento! Continua, per favore...».

Dalla porta fa capolino Loretta, mia sarta da sempre. Preoccupata...

«È finita l'acqua, Giggi. Te la porto co' 'na cunculina? E ti porto pure la saponetta che profuma de gladioli.»

Dico: «Ma che i gladioli profumano?».

«Boh! Forse erano tubberose, va' a guardà er capello...»

Dico: «'Na sigaretta, niente?».

«No, nun devi fumare, vabbene? Però, vedrai, la saponetta ci ha un profumo che stordisce.»

«Allora portamela col filtro, che me fumo il profumo.»

Tutti ridono. «Dài, Gigi, continua.»

Dico: «È un po' tardi, devo leggere una cosa, ripassare la parte e poi truccarmi. Tanto avremo tempo; riprenderemo il racconto in un altro momento, andate a prepararvi per lo spettacolo».

Ah, dimenticavo.

Sono nel camerino di un vecchio teatro di Roma, in attesa che inizi lo spettacolo. Si va sempre molto presto in teatro (non tutti lo fanno, a dire la verità). Alcuni, più seri di me, si chiudono per concentrarsi. Io, lo confesso, amo fare di tutto: scrivere, disegnare, spettegolare... a volte suonare la chitarra. Ma raccontare o sentire racconti è ciò che preferisco. Il camerino, specie in tournée, è un luogo di cui solo chi fa l'attore conosce le peculiarità. Può essere tutto: sala di lettura, di studio, di musica, di incontri di lavoro... può diventare perfino alcova... ehm.

Mi guardo un po' allo specchio e non posso fare a meno di sorridere per una vecchia scritta sul muro lì accanto: «Si preca di non rimanere oggeti de valore nel cammerino».

Un capolavoro! Mi sono raccomandato di non cancellarla. Cerco di immaginarmi il volto di chi l'ha scritta, sono sicuro che avesse grossi baffi rossi e fosse un po' claudicante. Chissà perché.

Penso alle scritte sui muri di Roma. Sono forse fra le poche cose rimaste a ricordarci lo spirito di un popolo che, ahimè, sta perdendo pian piano la sua proverbiale ironia. Violente, volgari, a volte tenere, geniali. Leggendone molte, e di seguito, paiono quasi frutto di un unico disegno. Come un percorso che sembra dire: «Ehi, ci sono anch'io. Voglio farti ridere, pensare, scandalizzarti o minacciarti: ti invito a fare come me. Scrivi anche tu sui muri, almeno qualcosa resterà di noi, perché le facciate dei palazzi, soprattutto quelli popolari, non le puliranno mai, e se crollano, almeno qualche nostra sillaba sopravviverà fra i calcinacci...».

Come rimanere seri leggendo: «È tanto brutto che la madre lo chiama bello de zia»?

A volte si sfiora il blasfemo: «Dio c'è». E sotto: «O ce fa». Geniale!

C'è una vecchia scritta a San Lorenzo, esisteva già ai tempi dei figli dei fiori: «Se avessi le ali volerei».

E sotto hanno aggiunto: «E grazie al cazzo». Me ne ricordo un'altra in un ascensore: «Se preca de chiute». Mentre in un ristorante, che forse voleva far sapere che lì si mangiava pesce cucinato come a casa, c'era un cartello: «Cucina marinareccia». Formidabile crasi fra marinara e casareccia...

Me ne ricordo un'altra: «Con mia madre tutto bene». Firmato dottor Freud.

Oppure: «Di te mi piace il rumore dei tuoi passi mentre vai aff...».

«Il piacere l'ha creato Dio. Peccato che sia peccato.»

«Non desiderare la donna d'altri. Tanto rompe i cojoni come la tua.»

«In vino *veritas*. In grappa *figuratevis*.»

«C'è vita dopo Marzullo?»

«Tiro a campari.»

«Odiami tu, che io ci ho da fare.»

«Non ho peli sulla lingua. E se li ho non sono miei.»

Il gusto di mettersi lì a scrivere sul muro lo capisco. Io faccio le parole crociate e spero sempre che qualcuno si accorga che sono stato in grado di risolverle. Lascio in giro le prove per casa, ma non gliene frega niente a nessuno. Scrivo le soluzioni sui rebus ma non faccio mai i cruciverba in camerino. Non è serio...

Vabbe', trucchiamoci.

Non ho mai considerato il trucco come un fatto estetico. Mi viene in mente, a volte, che uno strato di fondotinta e un po' di matita sugli occhi non siano altro che l'estenuazione e l'ultimo inconsapevole residuo della maschera usata dagli antichi attori classici. Sì, è un po' azzardato, ma se dimentico di truccarmi e me ne accorgo solo quando sono in scena, mi sento nudo, scoperto, come còlto in flagrante. D'altronde, fare il mio mestiere è un po' come commettere un atto impuro. O almeno questo pensa qualche critico.

Le prime volte che ho avuto in scena accanto a me le mie figlie, ho provato un senso di colpa misto a imbarazzo e vergogna, come se mi fossi sottoposto a un esame severissimo. Probabilmente perché, abituato per anni a stare da solo sul palco, sentivo il mio territorio invaso, sia pure da persone amate. Ovviamente era una mia percezione, perché credo che loro avessero ben altri problemi che non quello di stare lì a giudicare. Debuttavano.

Il nostro è il mestiere più intimo e privato del mondo, nonostante si svolga di fronte a migliaia di persone.

Bussano. È Loretta. «Giggi, è arrivato 'sto copione, che faccio? Lo butto come gli altri?»
Una delle ossessioni di chi fa il mio mestiere sono i copioni. Tutti hanno scritto un copione. Te lo mandano e vogliono un giudizio. Non sanno che per leggere un copione ci vogliono minimo tre ore di tempo... Non gliene frega niente, si offendono.
C'è un filmato molto raro in cui si vede Petrolini, nella sua villa vicino al lago di Nemi, vestito da pittore ottocentesco, immerso in un'atmosfera tranquilla. Mentre dipinge, all'improvviso si sente la sirena degli allarmi aerei e poi, da lontano, viene inquadrato un gruppo di persone che corrono sventolando ognuna un copione. Lui si mette a urlare: «Oddio, i copioni! Scappamo!», e fugge con la famiglia.

Il copione che mi è arrivato si intitola *Maledetti vecchi*.

Dico a Loretta: «Be', lascialo, va'!». Mi chiedo che parte mi si offra. Il personaggio si chiama Eugenio... Ma è la parte di un vecchio! Aiuto! Sfoglio freneticamente. È una bellissima parte, però...

Come passa il tempo: «La vita è come *'na facciata de finestra.*»

No. «La vita è come la cipolla che si sfoglia giorno dopo giorno con le lacrime agli occhi.»

Aspetta, fammi di' qualcosa di più poetico.

«La vita è come l'ombra di un sogno fuggente.» Shakespeare.

«La vita fugge e non s'arresta un'ora.» Petrarca.

«Chi ha tempo non aspetti tempo.» Mi' nonna.

Be', pora nonna, pure lei ha diritto alla citazione.

Rido tra me e me. La parte di un vecchio! Sta' a vedere che mi si apre una nuova carriera cinematografica. Rido forte e, di colpo, mi volto bruscamente verso lo specchio per vedere se rido come un maledetto vecchio... troppo tardi, la mia faccia mi ha preceduto; lo specchio mi rimanda la recitazione di uno che fa una strana smorfia. È falsa. Per ridere decentemente, non bisogna specchiarsi mentre lo si fa. La faccia resta nello specchio;

chissà che farà quando distolgo lo sguardo. Può suonare improprio, ma tutto ciò ha a che fare con il misteriosissimo mondo della Maschera teatrale, che nelle scuole di recitazione non si studia quasi più. È uno studio troppo complesso ed è retaggio dell'attore. I registi, soprattutto i «ricercaroli», si sentirebbero esclusi. Ma affermo che è dietro la maschera che va ricercata la grande Verità del Teatro, cioè la Finzione: io fingo di essere Amleto e tu, spettatore, fingi di crederci. Più sono bravo a fingere e più tu sei disposto a credermi. O a fingere di credermi.

D'altro canto, fingere di crederci, a teatro, è come crederci sul serio. E forse anche nella vita... O no? Boh!

Dio che strane idee vengono nei camerini.

Anni fa ho scritto un sonetto atipico per parlare di questa dicotomia tra finto e vero. La questione è filosofica, ma io ne ho discettato in romanesco.

Viva il teatro dove tutto è FINTO
Ma niente c'è di FARSO, questo è VERO.
E tu lo sai da prima se s'è tinto
Otello er Moro, oppuramente è NERO.

Nessun attore VERO vo' fa' crede,
Sottolineanno qualche intonazione,
Ch'è tutto VERO quello che se vede.
Lui VOLE fa' sapè ch'è 'na FINZIONE.

SE je tocca morì sopra le scene,
È VERO che nun more VERAMENTE.
Sennò che morirebbe così bene?

Capischi sì com'è? Famme er piacere,
Si morisse sul serio, è evidente,
Nun potrebbe morì tutte le sere.

Ebbene, sì. Confesso. Sì, scrivo roba in versi. Mi dichiaro rifugiato poetico. Spesso compongo sonetti. A volte rispettosi delle regole per le rime (A-B AB A-B... eccetera), altre no. Chiamiamole licenze. Sì, so' licenzioso... E, volendo, a richiesta, do consigli su come recitarli ad alta voce.

Istruzioni per leggere un sonetto:
Per esempio, in questo io ho scritto maiuscole alcune parole che con le intonazioni vanno comunque un po' sottolineate per far risaltare la dicotomia tra finto e vero.
È importante poi fare una pausa prima dell'ultimo verso, una sospensione che prepara alla battuta finale con molta logica. Di solito, il sonetto satirico riuscito è quello che termina con una battuta, con una cosa spiritosa, e, per sottolinearla, una pausina che la precede è fondamentale.

Ma passando dalla forma (anche recitativa) al contenuto, vorrei attirare la vostra attenzione sull'ultima terzina, che chiama in causa la morte dell'attore, che per forza di cose dev'essere finta.

Tuttavia, c'è stato più di un caso in cui un attore è passato dalla finzione alla realtà facendo poi una brutta fine vera, sul palcoscenico. Per esempio Molière, che si dice sia morto durante la quarta replica del *Malato immaginario*. Ma pochi sanno di Genesio. Questo sfortunato commediante, che è stato fatto santo proprio per aver valicato il confine tra rappresentazione e realtà, era un attore della Roma imperiale, ricchissimo e celebratissimo:

faceva satira, il genere più in voga all'epoca. Uno dei temi più amati era la satira sui cristiani, un argomento che faceva morire dalle risate la plebe romana.

In occasione di una rappresentazione davanti all'imperatore Diocleziano, Genesio decise di prendere di mira il rito del battesimo. Con la sua compagnia mise in scena un battesimo con tutti i crismi: c'erano un sacerdote e un esorcista, e lui faceva la parte del battezzato che invocava la remissione di tutti i peccati, probabilmente elencandoli uno a uno. L'imperatore si sganasciava dalle risate e così il pubblico. Sennonché, al contatto con l'acqua santa, che santa non era perché era finta, Genesio ebbe una visione e si convertì all'istante. La rappresentazione intanto continuava e Genesio, da copione, veniva preso dai soldati per subire un martirio. Tutti erano ammirati dalla sua interpretazione molto realistica, finché l'attore non fece una professione di fede così accorata, che rese chiaro che la farsa era finita: Genesio era diventato un cristiano VERO. E trovandosi di fronte a un VERO cristiano, Diocleziano smise di ridere e ordinò un VERO martirio. Al povero Genesio furono spezzate le costole e poi tagliata la testa, ma prima di morire, annunciò che, avendo scoperto la verità, era pronto ad affrontare anche mille morti. Vere.

Chissà a quanti critici è venuto in mente di agire come Diocleziano nei confronti di qualche attore.

La cosa incredibile è che Genesio stava facendo una rappresentazione del battesimo e proprio la ritualità accentuata dalla finzione teatrale ha fatto emergere quel germe di fede che evidentemente già aveva dentro di sé. San Genesio è protettore degli attori.

Sulla via di Damasco, anch'io mi sono fatto tentare da un sonetto:

>Forse me sbajerò, caro Torquato,
>Ma qui 'gni giorno c'è 'na converzione
>De quarche peccatore concallato
>Che se pente e se mette a pecorone.
>
>E nun è che se pente da privato:
>Pe' confessasse va in televisione,
>Piagne e fa piagne tutto l'apparato,
>Tanto, che je va via tutto er cerone.
>
>«Credevo solo al bene materiale,
>Nun meditavo su la trascendenza.
>Orgiavo dentro ar monno intellettuale,

Poi l'ho capito che nun c'era succo.
È frutta secca senza quintessenza...
Ah, 'n momento, che me rifaccio er trucco.»

Un altro che pare sia morto in scena è Edmund Kean. Giuro che poi la smetto con le morti.

Chi è Edmund Kean? È considerato il più grande attore inglese e visse a cavallo tra Settecento e Ottocento. È una figura pienamente romantica, rimasta fortemente impressa nell'immaginario non solo inglese, ma europeo. Divenne celebre per le sue interpretazioni shakespeariane, di lui Coleridge scrisse: «Vederlo recitare è come leggere Shakespeare alla luce dei fulmini». La sua vicenda è stata resa eterna da Dumas padre, che ne scrisse una biografia dal titolo paradigmatico: *Genio e sregolatezza*. (Carmelo Bene definì un famoso regista italiano: «Sgenio e regolatezza».) Kean era un genio del palcoscenico che, nonostante la scarsa avvenenza, ammaliava il pubblico; ma era alcolizzato, dipendente da varie sostanze eccitanti, e finì rovinato da uno scandalo adulterino. In epoca vittoriana certe libertà erano sanzionate molto gravemente. Il pubblico non gli perdonò gli eccessi del suo carattere e della sua condotta. La parabola della sua vita è segnata da un breve e clamoroso successo, seguito da una discesa nella disperazione e nella malattia: è morto di cirrosi epatica, sifilitico. Una vicenda tragica che ha continuato a ispirare attori e registi per tutto il Novecento e ha ispirato anche il sottoscritto.

Utilizzai il testo di Reinhold Fitz Simmons che avevo visto messo in scena da Ben Kingsley a Londra alcuni anni prima. È un lungo monologo che inizia con una battuta fulminante: «Avete mai sofferto la fame? Be', io sì». L'attore, grandioso nella sua arte quanto lascivo, indisciplinato, arrogante, mescola al racconto su se stesso citazioni shakespeariane e intanto beve. Nel corso del monologo, che si consuma (manco a farlo apposta) in un camerino, Kean va in escandescenze, urla, inveisce, e quando non gli bastano le parole per insultare, cita Shakespeare. E come insulta Shakespeare, non insulta nessuno: «Voi, ignobile muta di cani, il cui respiro io odio quanto i miasmi dei putridi stagni; il cui affetto io apprezzo quanto le carcasse di uomini insepolti che corrompono l'aria; io bandisco voi». (*Coriolano*, atto terzo). E più beve, più mescola le invettive shakespeariane a quelle personali.

Debuttai al teatro greco di Taormina: c'erano quasi ottomila spettatori. Avevo una paura terribile, perché è un testo drammatico, cupo, non c'è una risata. Pensavo: «Se la gente si mette a ridere siamo rovinati!». Non risero, e per una volta fu un'ottima cosa!

Avevo scritto una breve presentazione del mio Kean, che ancora oggi custodisco fra i miei quaderni. Ve la leggo, perché può rendere l'idea.

Questo testo non ha niente a che vedere con una biografia, non è un diario parlato ma il tentativo di radiografare la nevrosi tipica di ogni attore, dal più piccolo al più grande. Gli stati d'animo sono gli stessi per tutti. Il buon senso e la logica nei comportamenti sono viziati da un'ottica sempre e soltanto soggettiva. Ma credo che il lavoro riesca a lievitare e a raggiungere la metafora. In effetti, che Kean sia un attore è, per noi, solo casuale. Kean è chiunque dia sfogo alle proprie voglie, ambizioni, sregolatezze, necessità creative, trasgressioni, ubriacature, autolesionismi, vittimismi eccetera. Insomma, è un uomo e basta. Il suo privilegio è di poter disporre di una strana memoria che gli consente di usare, per descrivere i suoi stati d'animo, le parole di Shakespeare, le quali sono le più adatte in tutte le circostanze per esternare le più sfumate sensazioni di amore o le più feroci sfide al mondo.

Dedico questo atto d'amore a tutti coloro che ancora esercitano la vera arte dell'attore: sentono l'imbarazzo e l'esaltazione del suo anacronismo. Sì, con Otello, diciamo, il nostro compito è finito, ma credo siamo nel sotto finale... Qualcosa ancora si può fare al di là delle retoriche derivanti.

Perché per noi, comunque, dovunque, in qualsiasi situazione, esercitare il nostro agonizzante artigianato è inevitabilmente un atto d'amore.

2

Anche Giubbileo ha un progetto

Qualche giorno dopo. O prima? Boh?
Nel solito camerino.
Bussano. «Avanti!»
È Loretta che si fa largo nel gruppo di attori e tecnici che chiacchierano in corridoio.
«Giggi, ma stanno tutti qua fuori a fare la fila 'sti ragazzi...»
«Che c'è, Lorè, ma non è presto?»
Loretta si avvicina tutta circospetta e mi dice sottovoce: «Che fine ha fatto Giubbileo? Si è salvato?».
«Ma perché, ti interessa?»
«Be', volevo sapere come finiva...»
«Capirai, ce ne sono ancora di cose da raccontare. Allora fai entrare anche i ragazzi.»
«Venite, dài, che Giggi racconta. Senza fare troppa caciara, eh! E senza fumare!»

Giubbileo ha un progetto, o meglio, ha in mente un atto d'amore: la rappresentazione teatrale che vuole fare nella sua città, precisamente una Natività, coinvolgendo i suoi amici barboni. È malconcio ma tutt'altro che morto, lo si capisce subito, perché quando Silvestro ed Er Piagnone lo sollevano tenendolo sotto le ascelle, invece di parlare, canta: «*Je suis clochard... vagabundo... drop out...*». Incredibile. La luce cambia per un attimo e sembra quasi un pezzo di Broadway, anche se Giubbileo è talmente pesto che se non ci fossero i due a sostenerlo non si reggerebbe in piedi. Eppure canta.

Finita la canzone, chiede a Er Piagnone: «Mi accompagni a casa? Sto qui, a due passi».

«Certo.»

Fanno due passi (due) e Giubbileo dice: «So' arivato».

La sua casa non è altro che un giaciglio di cartoni da imballaggio che lui rimbocca a fatica, come se fosse un letto con dei vecchi giornali al posto delle lenzuola, da leggere tutte le sere per addormentarsi. «Tanto è inutile che cambio giornale, le notizie sono sempre quelle.» Intorno ha molte bottiglie colorate. A Roma ho visto parecchi barboni fare la raccolta di bottiglie colorate:

usano questi ammennicoli, che fungono da soprammobili, per allestirsi il posto; che poi a esser pignoli sarebbero soprammarciapiedi.

E finalmente, aiutato da Er Piagnone, riesce a sdraiarsi dolorante. Er Piagnone, intristito, lo guarda a lungo. Fino a quando Giubbileo rompe il silenzio per chiedere una cosa inaudita: «Mi canti una ninna nanna?».

«Ma io non ne conosco» dice Er Piagnone.

«Vabbe', farò come al solito, me la canto da solo.»

E Giubbileo inizia a cantare sottovoce: *Ninna o, ninna o, che pazienza che ce vò. Dormi, dormi, Giubbileo, dormi e sogna er Colosseo.* E succede una cosa incredibile: Er Piagnone si addormenta in piedi, come un cavallo, addosso al muro, e comincia a russare come un trattore.

«Vabbe', ho capito, stanotte nun se dorme» si dice Giubbileo alzandosi. Tira fuori una vecchia tromba, tutta ammaccata, fa qualche passo, zoppicante e dolorante, e al suono un po' stonato della tromba arrivano altri barboni, chi con la chitarra, chi con il sassofono. Insieme vanno a cercare i primi rumori della città.

Li trasformano in note musicali. Una *jam session* come dicono i jazzisti.

Si sente una canzone dal titolo *Cartoni animati*:

Ho conservato l'anima,
L'ho messa in un cartone
Così la situazione
La posso esaminare...
Meglio di te
Meglio di chi,
Non viene qui...
Venite qui a guardare
Da qui si guarda meglio
Si vedono i mortali che passeggiano
Si vedono le coppie che si amano
Vedrete che il rumore
Da noi non è terribile
Ma è la nostra musica
E ci rallegra il cuor...

Catturano il tram che passa, cu-tu-cu-tu, un clacson, pepee pepee. E poi, ancora, la sirena di un'ambulanza, il rumore del fiume, una serranda, lo starnazzare dei pappagallini verdi che hanno invaso Roma. E poi gli strilli dei gabbiani che cercano di dare una mano allo smaltimento della monnezza (fanno quello che possono, poveracci...) e intanto arriva l'alba.

    Da lontano, si vede una figura di donna in controluce.

«Ciao, Giubbileo.»

Lui risponde con un grugnito: «Ciao, Olivia».

«Come stai? Ho saputo che t'hanno menato un'altra volta.»

«Come vuoi che stia? Io sono un cartone animato, mi metti il tritolo addosso. Esplode, nuvoletta, ma io rinasco.»

«Chi è questa donna, Gigi?» mi chiedono tutti.

Ma l'arrivo di un amico mi impedisce di rispondere. «Ve lo dico dopo.»

«Come stai, Ggì?»

«Me gratto dappertutto, ci ho la rogna
E l'emicragna me se porta via.
Tossisco e sfiato come 'na zampogna:
Voi vedè che se tratta d'allergia?

A vorte, poi, me gira la capoccia
E se lo dico a te, tu nun ce credi...
Perché, si te ricordi, ero 'na roccia.
Come po' esse che nun sto più in piedi?»

«È lo stresse che fa 'sto brutto scherzo»
disse l'amico co' la voce affranta.
«E quando stai così te senti perzo.

È tutta corpa, fijo, del consumismo...
Io ci ho un rimedio ch'è 'na mano santa:
Hai provato a curatte cor buddismo?»

Così disse l'amico e aggiunse: «Ero passato a salutarti, coraggio!».

Da alcuni anni, le grandi religioni sono usate da noi come fossero l'aspirina. Salutato l'amico, cerco con le mani tutti i miei amuleti nascosti in camerino. La gente è così, se gli dici che stai male quasi si consolano.

Mentre mi preparo a rientrare in scena, tra cerone, messa in piega e ultimi ritocchi ai costumi, penso a questo libro e mi viene in mente che somiglia a uno spettacolo in differita, o a una prova generale: una messa in scena senza pubblico, o meglio, davanti a una platea immaginaria. Quando scrivo è un po' come se provassi uno spettacolo; leggo, riscrivo, rileggo, aggiungo e tolgo virgole, penso al ritmo, alle pause, ai colpi di scena, mi preoccupo che il mio pubblico non si annoi, ma si diverta, e di tanto in tanto ridacchi a denti stretti o magari mormori: «Anvedi!». Un pubblico che a sua volta, come me che scrivo, deve lavorare di fantasia e ricrearsi autonomamente i luoghi e le facce. Chissà questo pubblico come lo vede il camerino, sicuramente in modo molto diverso da come lo vedo io. Il lettore è uno spettatore molto attivo; anche se, chiuso il libro, non deve applaudire o fischiare, né chiacchierare nel *foyer*: si può tranquillamente appisolare. E non creda il lettore di poter mettere impunemente il mio libro sotto il tavolino, perché ne sentirei il peso.

Il pubblico, che sia seduto sulle poltroncine di un teatro o altrove con in mano un libro, è elemento essenziale nella rappresentazione e nella narrazione, quindi non va tradito. E io ne so qualcosa.

Una sera, dopo uno spettacolo, venne a trovarmi in camerino Goffredo Petrassi. Io rimasi sbalordito: mai mi sarei aspettato che il grande decano della musica contemporanea venisse ad assistere a un mio spettacolo. Ma la sorpresa fu ancora più grande quando mi disse: «Sarebbe disposto a interpretare una mia composizione? È una *suite* realizzata sul *Cantico delle creature* di san Francesco». Io rispondo subito: «Guardi, io non sono in grado». Insomma, provai a resistere, ma lui ribatté sicuro: «No, lei è in grado». Non si trattava di fare un melologo come in *Pierino e il lupo*, nel quale si alternavano momenti di prosa e interventi musicali dell'orchestra. In questo caso la voce era inserita nella partitura come uno strumento. Io ho una curiosità vorace e non mi tirai indietro: «Se è convinto lei, proviamoci». Sì, ho detto così, ed era vero: ero felice di esplorare l'inesplorato.

Quel tipo di musica è qualcosa di completamente estraneo al mio repertorio; sono sperimentazioni difficili che a volte il pubblico si sforza di definire interessanti magari per non fare brutta figura. E siccome tutti fanno questo sforzo, va a finire che la cosa diventa in assoluto interessante senza che qualcuno lo ritenga sul serio. (Ma non è certo il caso della musica di Petrassi.)

Fecero questa rappresentazione all'abbazia di Fossanova, un luogo strepitoso, in provincia di Latina. Le prove si tennero a Sermoneta, e gli spartiti non erano fatti di note come noi li conosciamo, ma utilizzavano degli strani segni. Ovviamente dovevo fare delle stranezze con la voce, dei salti di ottava, degli acuti, e la suite finiva con i soffiati nelle ance dei clarini e anche del clarone, una specie di enorme tubo nero con i tasti, che io vidi per la prima e ultima volta. Diciassette minuti, davanti a un pubblico sceltissimo, dicevano, ma li avranno tirati a sorte con una riffa perché ne riconobbi certi che non si capisce perché siano stati scelti. Elliot Carter, il celebre compositore americano, e Petrassi durante il concerto si scambiarono le loro esperienze: clarone, clarino e clavicembalo suonarono vari brani di durate diverse. Alcuni anche di mezzo minuto. Insomma, uno di quegli eventi per intenditori o per chi vuol fare intendere di essere un intenditore.

Finita la mia parte, uscii nel praticello antistante l'abbazia, di notte, al buio, e nell'oscurità sentii: «*Psss! Psss!* Proietti! Proietti!».

«Chi è?» dissi io, e mi avvicinai. Scorsi due sagome nell'oscurità: uno era il guardiamacchine, l'altro l'ambulante che vendeva snack fuori dall'abbazia. Evidentemente si erano messi sulla porta, pensando: «C'è Proietti, ci divertiamo un po'». Capirai, gli era capitata tra capo e collo 'sta faccenda della musica contemporanea... Con nonchalance, chiesi loro: «Ma che... avete sentito? Vi è piaciuto?».

Uno m'ha puntato il dito minaccioso e, con gli occhi cattivi, ha detto semplicemente: «Mai più, eh?».

E l'altro mi ha ammonito con solennità: «Lasciali perdere 'sti fiji de 'na mignotta: questi te rovinano!».

M'avevano beccato cor sorcio in bocca.

Un tradimento nella vita può capitare, e tutto sommato non mi pento né mi sento in colpa; è stato esaltante. E poi è la vita a essere un tradimento continuo; il tempo passa e le cose mutano sempre, si tradiscono modi di essere e tradizioni, cambiano anche i valori, e a volte è un bene, non si discute.

Panta rei, diceva Eraclito di Efeso, tutto scorre e non ti azzupperai mai due volte nella stessa acqua dello stesso fiume. Il fiume. Quante cose evoca il fiume, quante immagini, la corrente che travolge e se ne va, le anse, i barcaroli, perfino i proverbi: «Mettiti seduto sulla riva del fiume, prima o poi vedrai passare il cadavere del tuo nemico.

«Sì,» rispondono a Roma «Ma se prima non l'ammazzi e lo butti a fiume, quanno passa?».

Solo che in tutto questo cambiare e scorrere ci sono cose che non capisco. Per dirne una: non capisco perché non siamo più capaci di concederci il tempo necessario per goderci in santa pace il riposo.

Da ragazzi, ricordo, si passava da un pizzicagnolo e gli si chiedeva di conservare uno o più ossi di prosciutto. Si andava ai castelli in gita, si metteva l'osso al centro del tavolo e poi con un coltellino a turno si scorticava. Vietato assolutamente dire cose importanti. Si ordinava solo da bere: il vino fresco della cantina della fraschetta o la gazzosa. Si spendeva pochissimo ed era un vero riposo. La testa si liberava.

Le feste vere e proprie coincidevano con delle ricorrenze che avvenivano una volta all'anno. Con l'invenzione dell'Estate romana, invece, si è persa l'idea della ciclicità della ricorrenza e la cosiddetta festa divenne un fatto quotidiano tutto dedicato alla cultura.

In occasione di una delle tante estati romane scrissi questo sonetto.

> È festa a Roma, nun ve preoccupate
> Che quando se fa festa è segno bono.
> Ormai ce lo sapemo che d'estate
> La curtura se sveja, pija tono.
>
> Nun c'è niente che nun è curturale
> Le fusaje, l'olive, la gazzosa.
> E pure si te sembra tale e quale
> Ogni cosa diventa 'nantra cosa.
>
> Po' esse che la sera stai a cenà
> E mentre cerchi d'ingozzà er boccone
> Te sbuca da 'na fratta Laganà.

> A vorte in mezzo a tanta confusione
> C'è Gasma che se mette a recità
> L'Inferno mentre magni er porpettone.

Anche le feste dell'Unità erano un'altra cosa; si trattava di ricorrenze popolari. Un tempo, a festeggiare era la comunità, che fosse la parrocchia o il Partito comunista, si faceva festa per l'aggregazione. Un termine che non ho mai molto amato, sa di gregge.

Oggi c'è la movida ma non è festosa, e poi, come si traduce in romanesco: movete? Quelli sono immobili in mezzo alla strada con il loro bicchiere in mano. Ci vanno tutte le sere, sembra quasi un obbligo: bisogna timbrare il cartellino dello spasso. Tanto più che ora la movida e il divertimento seguono ragioni economiche e commerciali, non mirano certo a fare comunità. Se oggi si facesse una festa con l'albero della cuccagna, probabilmente i salami e i prosciutti resterebbero appesi: troppa fatica.

* * *

Non capisco perché in Italia si facciano prima le sanzioni e poi le leggi. C'è una canzone di Mario Pogliotti del 1961 che si intitola *Questa democrazia* e inizia in modo formidabile:

Ammesso e non concesso
che l'italiano medio è un poco fesso
è democratico, ma è un gran pericolo
lasciar permettere troppe libertà.

Abbiam la libertà
di esporre i panni al vento
nell'ore consentite dal regolamento
Abbiam la libertà
di attraversare i viali
fruendo delle strisce pedonali.

Dice il filosofo, la libertà di un uomo è tale fin quando non lede la libertà di un altro.
Altrettanto vale per l'altro, come per un altro ancora e così via.
Ergo, la libertà è una bella parola che definisce un transito.

* * *

Non capisco perché in Italia sia tutto vietato se prima non chiedi il permesso. Bisogna chiedere il permesso in carta bollata e controbollata per fare ascoltare la radio in un bar, per mettere un'insegna, per affiggere un annuncio, per mille cose... eppure non c'è Paese più funestato dagli abusi e dagli abusivi. Con le leggi che abbiamo, dovremmo essere più svizzeri degli svizzeri. È che se i divieti e i permessi da chiedere sono troppi, poi perdono di senso. Si diceva: «Fatta la legge, trovato l'inganno», anche se poi qualche governante di recente ha fatto il contrario: «Fatto l'inganno, trovata la legge». Io la chiamo la Sindrome di Semiramide, quella regina che ne faceva di tutti i colori garantendosi l'impunità con leggi *ad personam*. Mi ricorda qualcuno...

«Che pubblico c'è stasera, Loretta?»
«Ci sono tante scuole, mi sa che arrivano a più di mille ragazzi.»
«Meno male...»

* * *

Non capisco perché nelle scuole non si faccia teatro.
È davvero un peccato che in Italia non ci sia la tradizione del teatro amatoriale nelle scuole, cosa invece molto diffusa nel mondo anglosassone. Si esce dalla scuola senza conoscere nulla o quasi di

teatro; è stato così anche per me che non sono cresciuto in una famiglia borghese con l'abitudine di uscire la sera a vedere l'ultimo spettacolo in cartellone. Fare teatro in una filodrammatica è un'esperienza bellissima: si prova per mesi, si studiano approfonditamente un testo e un autore, poi gli spettacoli magari arrivano ad avere venti, venticinque repliche, perché il pubblico c'è. Nelle scuole di alcuni ordini religiosi, frequentate dai nobili nei secoli passati, il teatro era una delle materie di insegnamento; era considerato fondamentale per la formazione dei giovani rampolli che imparassero a recitare, a usare la retorica, a parlare in pubblico. Le scuole erano dotate di teatri interni e a fine anno la recita concludeva il percorso di studi... si era consapevoli del potere esercitato, e non è un caso che vi siano tanti esempi di uomini politici con alle spalle un passato da attori.

* * *

Non capisco perché, se sprecano così le scenografie dell'opera.

Tempo fa andai in un grandissimo magazzino di scenografie usate: c'erano tutti i set delle opere dismessi dai teatri di provincia, dove quel genere non si fa più. Vedere accatastato alla rinfusa il frutto di tanto lavoro di artigiani e scenografi mi ha provocato una stretta al cuore: piramidi, templi, salotti ottocenteschi, boschi e giardini diventati un'accozzaglia di mondi usa e getta. L'opera lirica è la vera tradizione culturale del teatro italiano. Allora perché la messa in scena di una grande opera lirica deve durare al massimo sei repliche in una città grande e popolata come Roma? Non si sa.

Io ho curato nove regie di opere liriche, e tra queste ha un valore particolare il *Benvenuto Cellini*. Si tratta di un lavoro difficile, «*monstre*» di Berlioz, che proprio per la sua particolarità e grandiosità, è stato pochissimo rappresentato: solo quattro messe in scena in tutto il Novecento. Si capisce che la rappresentazione del *Benvenuto Cellini* è un evento. Insomma, a Roma, fuori dal teatro, c'erano i bagarini. Era riuscita bene e aveva registrato il *sold out*. Niente! Solo sei repliche! Le scenografie erano stupefacenti, disegnate da Quirino Conti, uno spettacolo straordinario. Se penso che quella Roma reinventata e meravigliosa è finita al macero dopo essere stata ammirata da così pochi fortunati spettatori, mi viene molta rabbia e rassegnazione.

3

Che fine hanno fatto i polacchi?

Che fine hanno fatto i polacchi?
Erano belli, biondi e mai tetri.
E non sembravano per niente stracchi
Quando allegri pulivano i vetri.

«Mo' che c'entrano i polacchi, Giggi?»
«Vedi, Loretta, prima del Giubileo del 2000, Roma fu invasa da profughi polacchi. E il papa, polacco anch'esso, pare che li aiutò a emigrare tutti in massa verso il Canada. Così si dice. Saranno forse partiti di notte? Sta di fatto che dalla sera alla mattina dei polacchi non era rimasto più nessuno. O meglio, solo uno, che faceva il papa.»

E allora, intorno a Giubbileo e a tutti i suoi amici e al traffico della mattina, si sente questa nuova canzone cantata e ballata dalle nuove etnie pronte ai semafori a lavare i vetri.

Ma che fine hanno fatto i polacchi?

Al loro posto sono arrivati ragazzi indiani e africani, occhi neri invece di blu, pelle scura e sfumature più calde anche nell'abbigliamento. C'era anche un lavavetri così bello che lo chiamavano il fico d'india. Fu scritturato per una fiction televisiva ma recitava malissimo.

Il balletto circonda Giubbileo e gli altri barboni musicisti, che iniziano a ballare e saltare sui cofani delle macchine.

Er Piagnone nel frattempo si è svegliato e guarda meravigliato questo spettacolo di lamiere, ballerini e musicisti. Si avvicina a Giubbileo e gli dice: «Giubbileo, ma tu mica sarai nato barbone...».

E lui risponde: «Nessuno nasce barbone».

«Ma tu...»

«Vuoi che ti racconti la mia vita?» chiede forte Giubbileo.

«Sì» risponde Er Piagnone, già commosso, mentre tira fuori il quadernetto su cui prendere appunti.

Sbucano da tutte le crepe come fossero dei sorci, i tanti barboni che si avvicinano gridando:

«Giubbileo racconta, correte, Giubbileo racconta...».

Tutti si fanno intorno a lui.

«Io ero ricchissimo. Avevo perfino uno yacht incredibile, a vela e motore, e pur essendo uno yacht di sessanta metri, tutto tecnologico, stavo sempre al volante.»

«Nun se dice volante, se dice barra del timone.»

«Be', io ci avevo messo pure er volante, i freni, la frizione, er cambio, er parabrezza; vabbene? Tant'è vero che al largo di Palmarola me se presentano duecento polacchi che vengono nuotando per pulimme i vetri.»

Tutti ridono.

«Che ridete? Er polacco nuota benissimo. Io navigavo come pochi al mondo. Annavo de bolina, de traverso, de dritto, de dietro, d'avanti. Annavo tutti i giorni in Sardegna, bevevo un caffè e poi tornavo a Genova. Ero diventato molto amico di tanti sardi e genovesi.

«Poi una mattina mi sono svegliato, sono andato nel mio bagno lussuosissimo, mi sono guardato nei vari specchi e mi sono detto: "Ma tu che cazzo ci vai a fare in Sardegna tutti i giorni?". E questo mi ha messo addosso una crisi tale che ho riconsiderato tutta la mia ricchezza e me ne sono andato. Sono scappato. Ed eccomi qua.»

«Ma è vero?» chiede Er Piagnone.

«È vero che te l'ho raccontato, e questo ti basti, ma non ricominciamo con questa storia del vero, del finto, del falso. Andiamo a vedere se troviamo qualcuno disposto a partecipare alla rappresentazione.»

* * *

Scusate, vado al bagno un momento. Certo che se in questo teatro, invece di spendere soldi a rifare la facciata, avessero investito nella ristrutturazione dei bagni, sarebbe stato molto meglio. C'è lo stesso gabinetto per il pubblico e gli attori e può succedere che uno spettatore stia aspettando il suo turno, si apre la porta ed esce una damina del Settecento che, aggiustandosi il corpetto e con un delicatissimo inchino, gli dice: «Comandi, parón, s'accomodi». E poi la rivede sul palcoscenico e dice alla moglie: «Quella la conosco».

O forse si userà così d'ora in poi: il governo emanerà un decreto per la *spending review* dei bagni dei teatri: un unico bagno per tutti! Dalla platea al loggione, compresi palco e camerini, tutti insieme, pure gli orchestrali e gli attrezzisti. Scommetto direbbero che è democratico! Noi faremmo un paio di manifestazioni, al grido di: «Attori uniti per i bagni separati!» e poi però, neanche troppo lentamente, ci abitueremmo. Ci si abitua a tutto, questo l'ho capito. Le cose cambiano, ci si abitua e poi ci si ritrova a domandarsi: «Ma quando è successo?».

A questo proposito vi racconto una storia, la prendo un po' alla lontana, ma c'entra.

Il padre di un mio caro amico era un antifascista, un antifascista vero, di quelli che sparavano. Tanto che fu mandato al confino e costretto ad abbandonare Roma per trasferirsi in una landa remota con tutta la famiglia. Negli anni si sistemarono nella loro vita di campagna, con gli animali, l'orto, il frutteto. Finita la guerra furono raggiunti da un funzionario che annunciò loro: «La guerra è finita, potete tornare a Roma», e il padre del mio amico rispose: «Ma tu sei scemo, stamo tanto bene qui!». È un esempio di storia diversa dalla Storia ufficiale. Ma esiste anche quella, eccome se esiste.

Io non ho ricordi della guerra, perché ero in fasce, ricordo bene però che a un certo punto comparvero i liberatori. A Roma erano arrivati gli americani. Da allora siamo stati sì liberati, ma anche colonizzati, perché da oltreoceano questi soldati grandi e grossi hanno portato oltre alla loro cultura la Coca-Cola, le sigarette lunghe e i bicchieri di plastica. Ci sbigottivano. Che fai, butti i bicchieri?

Entrammo in contatto con queste novità incredibili, ma il cambiamento delle abitudini fu graduale: da noi, ancora per diversi anni, restò in funzione la figura dell'ambulante che aggiustava tutto, come l'ombrellaio, appunto, che diceva: «Ombrelli, piatti, cucculine da accomodare!». Aveva il trapano modificato con lo spago. Se avevi un piatto rotto, non lo buttavi via, a meno che non fosse in mille pezzi; lo facevi aggiustare dall'ombrellaio: faceva dei punti sulle due parti e poi le attaccava con due grappette di ferro. Il piatto rattoppato magari perdeva un po' d'olio, ma ci potevi mangiare senza dovertene comprare un altro.

Un tempo c'erano anche quelli che producevano piccole quantità di varechina. Mia sorella fu corteggiata da un varechinaro. Noi, con un po' di spocchia, le dicevamo: «Ma che sei matta? Un varechinaro?», poi scoprimmo che fu il primo a comprarsi la macchina e tutti capirono che quello era al passo dei tempi molto più di altri.

All'improvviso l'ombrellaio che accomodava le cucculine sparì, perché nel frattempo ci eravamo abituati a usare la plastica, a produrre in serie, a buttare via gli oggetti che si rompevano o che semplicemente erano vecchi. Era diventato normale l'usa e getta senza che ce ne accorgessimo.

Ci si abitua alle novità e ci si dimentica di com'era prima, finché, come dicevo poco fa, ti ritrovi a chiederti: «Ma quando è successo?». E non sai più dare un nome a quel che hai perduto.

> Com'era bella un tempo quella cosa
> Nun me ricordo che, però era bella
> Me sforzo, ma rimane misteriosa
> Pure se penso solamente a quella.
>
> E la domanda è sempre più angosciosa.
> Che d'era? La famiglia, mi' sorella?
> Un poveraccio, un abito da sposa?
> La gente, un fiore, che ne so, 'na stella?

La guera? No davero! 'Na canzone?
O forse 'na poesia? La primavera
Quando c'erano ancora le staggione.

Ma non si tratterà di un'illusione?
Me venne da pensà proprio iersera
Era bella, me sa, perché non c'era.

E non accade solo per le abitudini materiali, come nel caso dei piatti usa e getta, o del telecomando della tv (che quando fu messo in commercio tutti si chiedevano a cosa servisse, sembrava una cosa inutile – che problema c'era ad alzarsi per cambiare canale? Poi i primi tempi c'era solo un canale e non si poneva il problema. Mentre ora è sparito addirittura il tasto cambio canale del televisore e se ti finiscono le pile sei spacciato), ma anche per le abitudini immateriali, i modi di pensare, quelli che vengono definiti valori. Gli oggetti, il consumo, ciò che ti sta intorno ti costringono a essere diverso, a cambiare e a volte non ti spieghi il perché.

Un tempo gli attori, i registi, gli intellettuali erano tutti di sinistra – in certi periodi essere comunisti anzi era poco, c'erano tante di quelle sigle a sinistra dei comunisti che si aveva l'imbarazzo della scelta.

Poi all'improvviso tutti quelli che si dicevano *engagés* di sinistra hanno smesso di esserlo. A un certo punto tantissimi confessarono di non essere proprio mai stati comunisti anche se iscritti al Partito. Vorrei sapere quando è accaduto, perché non me lo ricordo bene. Però è successo ed è stato un cambiamento epocale: da un giorno all'altro è stato possibile dire di non essere comunisti, e da quel momento è stato tutto un prendere le distanze dall'ideologia. Prima si puntava il dito sussurrando con scandalo: «Quello è fascista!», poi si è cominciato a insinuare con lo stesso tono: «Oh, quello è comunista!».

Un giorno, qualche tempo dopo questa mutazione di massa, mi sono divertito a fare uno scherzo in una trattoria frequentata da gente dello spettacolo e di sinistra. Sono entrato e ho salutato scandendo bene a voce alta: «Buonasera, compagni!». Si sono tutti tuffati con la faccia dentro il piatto. Ormai lontanissimi da ogni sollecitazione ideologica.

C'è stato un periodo che non riesco a datare in cui le parole hanno iniziato a nascondere il vuoto, e il ricorso alle iperboli è diventato sempre più frequente e necessario. Oggi se dici a un attore: «Sei bravo» quello si offende. Bisogna come minimo dire: «Sei straordinario». Ma, attenzione, «straordinario» diventa presto di moda, quindi vuoto, e allora bisogna inventarsi un'iperbole nuova: *eccezionale, genio, genio assoluto, mostruosamente geniale, geniaccio maledetto, mostro di un genio,* poi solo *mostro...* e a quel punto non sai più se è un complimento o un insulto.

Non finisco mai di raccontare di mia madre quando venne a vedere *A me gli occhi, please.* Entrò in camerino lasciandosi alle spalle l'eco di applausi fragorosi e alla mia domanda: «Ti è piaciuto?», rispose: «Abbastanza». Io non ci sono rimasto male, era la risposta giusta.

Di pari passo con i superlativi si è spinto sull'acceleratore delle auto, dei motorini e persino dei piedi: da un certo punto in poi, in questa Roma che non è una città industriale, hanno cominciato tutti a correre. Ma 'ndo vanno? Devono timbrare il cartellino? Ma a che ora? Tanto più che in certi orari – alle dieci, alle undici, a mezzogiorno – in cui si presume che tutti siano al lavoro, c'è un traffico che non finisce mai. Tutti in macchina a correre, dove non si sa. La città si è nevrotizzata.

Solo Giubbileo conosce dei posti dove si può stare tranquilli, e infatti lo troviamo lì che legge.

Un barcone pieno zeppo de ggente è sbarcato ieri sulle coste libbiche. So' quasi tutti italiani.

Scappano. E nun se sa si so' pensionati, esodati, cervelli in fuga o clandestini. Quarcuno se fa passà pe' tedesco e nun se vo' fa' pijà l'impronte diggitali (l'italiani so' molto orgojosi). Però li sgamano subbito dar colore della pelle, da come movono le mano e dar fatto che parleno tutti insieme, che 'n se capisce un cazzo.

Però i libbici nun se preoccupano più de tanto. Sanno che la Libbia pe' l'italiani è solo de passaggio. Je danno provviste pe' du' o tre settimane e quelli a tappe turistiche, fermannose 'gni tanto pe' guardà er panorama, pe' magnasse 'n'amatriciana, raggiungono er Niger, la Nigeria, lo Zambia, indove troveno lavoro e accoglienza cordiale e disponibilità pe' l'integrazione.

Però in quarcuno de quei Paesi nu' li vonno perché dicono che er probblema nun è solo loro, ma de tutta l'Africa.

«Sinnò» dicono «che Unione Africana è?».

Er dibbattito se fa sempre più acceso, perché quelli, l'italiani, scappano sempre de più, e nun se sa 'ndo metteli. A certi nun je viè nemmeno in mente che l'italiani, clandestini o no, so' sempre esseri umani e *che questo è un esodo epocale. È ineluttabbile che nel 2035 l'Africa sarà quasi tutta bianca e nel Burundi la lingua ufficiale sarà er romanesco. Quindi la speranza è che, alle prossime elezioni, l'africani nun se faccino fregà da li partiti populisti che vorebbero bombardà le coste italiane ('ndo cojo cojo) pe' nun fa' partì più nessuno. Nun è coi droni che se risorvono 'sti probblemi, ma annando a parlà coi capi delle tribbù italiane, cercanno de convinceli a mette li campi profughi ner loro Paese (pare che le tribbù der Nord-Est sieno molto ospitali). Oltretutto questo impedirà d'ora in avanti che quarche mafia equatoriale qui in Africa speculi sull'emigranti e sull'accoglienza e se freghi l'euri destinati a li profughi italiani.*

Cosa che sarebbe 'na vera vergogna pe' tutti i popoli africani.

Risata generale.

E Giubbileo: «C'è poco da ridere, tutto può succedere».

4

Giubbileo e l'amore

«Giubbileo, ma tu eri ricchissimo?»

«T'ho detto che è vero che te l'ho raccontato, sei de coccio oltre che piagnone! Ma ora scusatemi un attimo perché ho da fare.» Poi apre il giornale e dice: «Oh, qui ci sono le quotazioni in Borsa».

E tutti i barboni tralasciano quello che stanno facendo per ascoltare interessatissimi.

«Chiude a meno 13 per cento il titolo Ubu.»

«Noo, e mo' che faccio?» dice uno. «So' rovinato.»

«Zitto, famme sentì.»

«Prende forma il progetto di Bad Bank.»

«Evvai» grida Silvestro.

In quel momento Beep Beep e Willy il Coyote, nomignoli che si sono dati mutuandoli dai personaggi dei cartoni animati, iniziano a sussurrare: «Giubbilè, c'è Olivia...».

«Dove? In dove?»

«Olivia, è arrivata Olivia.»

«Fate finta di niente.»

«Be', ma non è la tua donna?»

«La mia donna... io non posseggo nulla, figuriamoci se posseggo una donna... Don Chisciotte diceva: "Beata età dell'oro, dove non esistevano parole come *tuo* e *mio* e tutte le cose erano in comune". Io vivo personalmente nell'età dell'oro. Per ora da solo.»

«Quindi Olivia è di tutti?»

«Se nun te levi, te sposto io co' 'n cazzotto.»

«Eddai Giubilè.»

«State zitti.»

Tutti si voltano e si accorgono che è entrata Olivia; è bellissima, africana ma vive ormai da molti anni a Roma. Beep Beep, Willy il Coyote e Silvestro si allontanano, voltandosi appena per sbirciare in che modo si salutano. Solo Er Piagnone resta lì, ma dopo un po' si accorge di essere un terzo incomodo anche perché Olivia gli chiede: «Te serve qualcosa?». E se ne va via piangendo con la sua piccola telecamera ancora accesa, se non fosse che questo dettaglio non sfugge a Giubbileo, il quale subito gli dice: «Ti dispiace spegnere, per favore? La tv verità non fa per me: io manco so' vero».

«Ciao, Olivia.»

«Ciao, Giubbileo. Sono stata fuori per qualche giorno.»

«Ah sì?»

«Non te ne sei accorto?» Vorrebbe chiedergli: «Ti sono mancata?» ma per grandissimo pudore non lo fa. «E tu intanto in questi giorni... Sai quanti giorni sono che sto fuori?»

«Boh, no, non ci ho fatto caso. Perché? Che hai fatto?»

«Niente.» Olivia fa la vaga, come al solito. Cambia argomento: «E tu?».

«Be', sono venuti quelli che m'avevano offerto dei milioni per il mio spettacolo, ma io devo riuscire a farlo senza, del resto, lo fanno i teatri stabili, figuriamoci noi. Erano dei signori ricchissimi, volevano che entrassi in una banca, ma io li ho ringraziati e gli ho fatto capire che per me era troppo poco. Ma tu, che mi dicevi?»

«Non dicevo niente, sono tornata da poco, ho rivisto uno che mi piace abbastanza. Chissà, forse può succedere qualcosa.»

«Ah, lo conosco?»

«Chi?»

«Quello che te piace abbastanza.»

«Te somiglia come una goccia d'acqua, ma non so se hai imparato a conoscerlo.»

Giubbileo e Olivia non riuscivano mai a dirsi con chiarezza i loro sentimenti, e usavano metafore, giri di parole per pudore. O forse per non guastare quella voluttà che deriva dall'attesa che sia l'altro a parlare per primo. E così qualcosa che interrompe i loro dialoghi avviene sempre. E infatti arriva un camion che si ferma proprio dove si sono appartati. Lì vicino c'è una discarica. Il camion rovescia il cassone di spazzatura e puntualmente spuntano fuori barboni e new entry, cioè quelle persone che come dicono i giornali sono arrivate alla soglia della povertà. Ognuno di loro spinge una carrozzina o un carrello abbandonato. Accorrono come se si aprissero le porte di un grande magazzino il primo giorno di saldi, affannandosi per recuperare tutto quello che c'è: un televisore che va a pile, un paio di scarpe spaiate, un set di pentole in acciaio ossidato, materassi smollati con scoprimaterassi, una coperta matrimoniale in pura lana infeltrita, una bicicletta per bambino con cambio a una velocità, un forno a microonde...

Ma Giubbileo non si lascia distrarre dalla furia consumistica e seguendo passo passo Olivia: «Insomma, chi sarebbe 'sto tizio che frequenti? Sarà mica er Forfora?» chiede a lei che si finge distratta dalla mercanzia.

«No, che dici!»

«Er Ceriola?»

«Ma perché? Ti interessa saperlo?»

«Assolutamente no!»

«Non sarà mica Nuvola Bianca, quel negro...»

«No!»

«Pensa che Beep Beep mi ha chiesto se eri la mia donna, ma io non posseggo nulla. Di mio non c'è più niente. Anche tu la pensi come me, o no?»

«Ah sì, ho soltanto dei ricordi di deserti.»

«Ti va di venire da me per un *desert*?»

«Ma sarai stronzo?»

«Eddai, era una battuta per farti sorridere.»

«Ma non è meglio di sera? Di giorno c'è troppa gente.»

«Sennò da te?»

«Perché?»

«Ti vorrei parlare della mia rappresentazione. Ci sarebbe una parte per te. Non abbiamo nessuno che mi convinca per il ruolo della Madonna. Se annamo di là ti faccio un provino.»

«Ah, me lo stai chiedendo solo perché non c'è nessun altro?»

«Ma per chi mi hai preso? No, saresti perfetta per quel ruolo. D'altro canto, in Polonia non c'è una Madonna nera? Anche se ti sei un po' ingrassata negli ultimi tempi.»

«Non è certo perché magno troppo.»

E Giubbileo e Olivia vanno via, finché non li perdiamo dietro certi ruderi, dove spesso si appartano per continuare a discutere. Si fa per dire.

«Scusate, ma adesso devo proprio andare, mi richiamano in scena.»

«Eddai, Gigi, dove vanno Giubbileo e Olivia?»

«Non fatemi dire certe cose che ci sono delle signore. E dove vanno secondo voi?»

«A scopa'!» dice un attore appena uscito dall'accademia.

«Che volgare, semmai a ffà l'amore» lo rimprovera Loretta.

> Amore amore amore è 'na parola
> Che ha fatto scervellà da sempre er monno
> C'è chi se ne vergogna e chi se sgola
> A ddi': «Nun campo più, nun c'ho più sonno».

Ma che è st'amore per l'innamorati?
Niente. Pe' loro è cosa naturale
So' felici, so' tristi, addolorati
Come succede a chi vive normale.

Quelli che invece soffrono de più
So' quelli che nun trovano l'amore
E parlano pe' nun buttasse giù

Discutono, discorono pe' ore
Dicenno che pe' loro quanno fu
Persero tempo, sordi e buonumore.

Ah, l'amore, l'amore... Petrolini diceva: «L'amore è un pizzicore che sale fino al core e poi con gran sollazzo discende un po' più giù». Un modo per coprire il pudore dei sentimenti, ma chissà che non l'abbia fatto anch'io quando ho preso una delle canzoni più romantiche esistenti – *Ne me quitte pas* di Jacques Brel – e ne ho fatto una parodia dissacrante, tant'è vero che a molti non è andata giù. Ma la parodia è un genere formidabile proprio perché riguarda qualcosa di alto. La frase mozza è molto utile, ed è stato irresistibile trasformare la disperata richiesta in francese in *Nun me rompe er ca'*. Pensavo di farne un disco per San Valentino utilizzabile da entrambi i sessi, sia da una lei che da un lui.

Una volta invece ho scritto una canzone per Sanremo.

Ormai si sarà capito che non mi faccio mancare niente, preclusioni non ne ho. Essendo io cantante, oltre che attore, nella vita mi è capitato pure di andare a Sanremo. La mia esperienza in gara l'ho fatta insieme a Peppino di Capri e Stefano Palatresi, era il Festival del 1995, ci chiamavamo Trio Melody e la canzone era *Ma che ne sai... se non hai fatto il pianobar* di Claudio Mattone. Il pezzo iniziava così: «Vi trasporteremo nelle magiche atmosfere dei locali notturni, dove si sa, se ne vedono delle belle... ma per noi sono sempre quelle». Sul palco dell'Ariston mi era presa una ridarola che non riuscivo a smettere. Mi chiedevo: «Ma che sto a ffa' qui sopra? Questa è roba da giovani!».

Insomma, tutti parlano della grande ansia da prestazione che ti prende sul palco dell'Ariston e che non risparmia nemmeno i cantanti più celebri, e invece a me veniva da ridere; una reazione diversa, ma provocata evidentemente dalla stessa emozione. Sarà che sdrammatizzare attraverso il buffo è il mio modo di affrontare le difficoltà, e lì mi era particolarmente facile.

E, a proposito di Sanremo, una volta mi chiamò una signora, una bellissima donna, alta, giunonica, bionda, attrice, o forse non lo era più. A ogni modo, lei voleva far parte del mondo degli intellettuali, e li aveva sempre corteggiati. Mi chiamò e mi disse: «Senti, siccome vorrei andare a Sanremo...».

«Ah sì? Non sapevo che tu cantassi» fu la mia prima reazione.

«Sì, canto, ed ecco, siccome molti intellettuali hanno scritto canzoni per me, perché non me ne scrivi una anche tu?»

«Be', ma io non sono un intellettuale.»

«Ma come? Sei pazzo? Scrivila, che poi la facciamo musicare da qualche grande, grandissimo musicista.»

E allora io gliel'ho scritta.

> Se canto una canzone intellettuale
> D'amore non banale
> Che esca dallo schema rituale
> Perché non posso andar al festivale?
> Dello Stivale?
> Così canto degli amori andati a male
> Da femmina fatale
> E mi domando spesso a che mi vale

Se poi non posso andare al festivale
Dello Stivale.
Ma canto e sono tanto originale
Perché son forte e frale
Sul tipo lesbo molto verginale
Sarebbe bello andare al festivale
Dello Stivale.
E canto,
La voce un po' baritonale
Saliscendo le scale
Che imbrattano la carta musicale
Però non posso andare al festivale
Dello Stivale.
Be', io canto
Non c'è niente di male
Se per far l'originale
Ero pure pronta a darla a un tale
Che mi facesse andare al festivale
Dello Stivale.
Ma canto. È un ambiente un po' brutale
E mi chiedo se è normale
Oppure se è un peccato capitale
Desiderare di andare al festivale
Dello Stivale.

Poi questa aspirante cantante non l'ho più sentita, forse il testo non era sufficientemente intellettuale. Del resto io l'avevo avvertita. Fortunatamente non ci siamo più incontrati.

Ma è meglio fare bene un solo mestiere, che farne male tre o quattro.

Come si diventa attori? Dopo una domanda del genere dovrei lasciare tre o quattro pagine bianche. Ne ho sentite di tutti i colori. Ora va di moda la parola talento. Probabilmente vorrebbero sentirsi rispondere: «Diventi attore con il talento», ma la risposta che più mi sento di dare è: «Boh! E io che ne so?», e subito dopo mi viene da porre a mia volta una domanda che è: «Ma perché vuoi fare l'attore?». Fare gli attori è faticoso, è stressante, spesso e volentieri vuol dire anche avere pochi, quasi zero, soldi in tasca, ricevere applausi ma anche critiche, a volte giuste, ma spesso piatte, inconcludenti, criptiche o rancorose. Ma si sa, tutti dobbiamo campare. A me è successo con il *Don Giovanni* che era stato definito popolaresco da una critica musicale che manco l'aveva visto, ma aveva saputo di una sua rappresentazione a piazza del Popolo. Popolo + Gigi Proietti = popolaresco.

Come tutti i mestieri, anche quello dell'attore lo si impara andando a bottega: osservi quelli più esperti di te, provi, prendi le misure, impari le tecniche e poi, dopo averle apprese, decidi che farne. Io, per esempio, avevo studiato e imparato a parlare con una dizione perfetta, e ancora ritengo che conoscere bene queste regole è necessario. Anche se poi scopri che, se parli in romanesco un paio di volte, per qualche critico sei sempre quello che parla in dialetto anche se ti esprimi rispettando tutte le regole della Crusca. Cosa che mi fa pensare che non tutti i critici conoscano bene la dizione italiana.

Quando ero direttore del Brancaccio ho aperto un laboratorio di recitazione dove insieme ad altri colleghi cercavamo di creare dei nuovi attori. E ho imparato che essere attori non significa solo essere formati tecnicamente. Significa avere un giusto rapporto con questa forma di comunicazione. A volte infatti l'eccesso di preparazione è come se creasse una sorta di quarta parete che porta a preoccuparsi solo di dire bene le battute.

Allora è bene far sentire i ragazzi padroni del luogo dove stanno e aiutarli a dare sfogo alla loro fantasia per individuare la teatralità in tutte le pieghe dove si può nascondere. L'arte della finzione... ma ritorneremmo al discorso del finto e del vero che è diventato una specie di spada di Damocle. E io per anni ho detto in scena «spada di Sofocle», ma nessuno se n'è mai accorto.

Insomma, è importante essere attore e non fare l'attore.

Comunque la cosa che sicuramente serve per fare questo mestiere, come diceva sempre la Proclemer, è la salute.

Etciù!
Salute!
In questo camerino non c'è il riscaldamento... tocca inventarsi qualcosa per scaldarsi. Il camerino al limite può essere anche alcova, ma bisogna avere grande potere contrattuale per fare in modo che gli altri fingano di non accorgersi di nulla sulle eventuali e gentili ospitalità. Ovviamente tutti se ne accorgono benissimo, e ciò di cui si accorgono è oggetto di grandi pettegolezzi, tutta materia buona da mettere da parte per l'inverno. Ma se tu chiedi:

«Hai visto quella signora che è entrata in camerino poco fa?» Oh, ci fosse qualcuno che l'ha vista...

Un tempo nel camerino c'era anche il fornelletto da campeggio per cucinarsi qualcosa. Così mi raccontano. Non c'era una lira e si pasteggiava magari con il caffellatte, due uova proprio quando andava bene.

Per me, in particolare nei sette anni in cui diressi il teatro Brancaccio, il camerino era tutto: studio, telefono, rapporti con le compagnie, prove di memoria. Facendo teatro quotidianamente, si va a dormire tardi, di conseguenza ci si alza tardi, e la giornata comincia quasi nel camerino. È lì che ti fai venire a trovare dagli amici oppure organizzi appuntamenti di lavoro. Se inviti qualcuno allo spettacolo, poi aspetti che ti venga a trovare dopo. Magari arriva il simpatico collega che, sentendo molti applausi, entra sorridente e tu immagini ti farà i complimenti, e invece ti dice: «Sudi, eh! Sudi tanto». Alcuni invece fanno: «Mostro! Sei un mostro, sei» (ricordate il discorso sui superlativi?), e non si capisce bene se scherzano oppure no, se sei un mostro di bravura o un mostro *tout court*.

5

Quando Giubbileo incontra Gaetanaccio

Mi ricordo che quando ero ragazzetto si giravano a Cinecittà i grandi colossal come *Ben Hur* e c'erano dei tizi che andavano in giro per Roma a cercare barbe, perché erano molto ambite le comparse dotate di una rigogliosa e autentica peluria. Facevano risparmiare tonnellate di crespo. Addirittura c'era gente che abbandonava il proprio mestiere e si improvvisava attore, proprio come lo zio di una mia fidanzatina di allora, un dentista affermato che per sei mesi smise di fare il suo lavoro e si diede anima corpo e barba al cinema. Era generico primario, così si chiamavano. Guadagnò un mucchio di dollari più che da dentista. Il che è tutto dire. Sarà stato quello che portava l'orologio...

«Dài, Gigi, racconta di Giubbileo!»

Anche Giubbileo cercava persone con barba per il suo presepe. Per fortuna i suoi amici barboni hanno quasi tutti una barba molto folta, perché la rappresentazione si riferisce a un periodo in cui la portavano proprio tutti in Palestina. Almeno così dicono, perché io non c'ero.

Giubbileo passa in rassegna tutti gli attori, per essere sicuro che le barbe siano a posto. Ma ecco la sorpresa: «Silvestro, te sei tagliato la barba?».

«E allora? Erano sei anni che non me la tagliavo!»

«Be', non potevi aspettare 'n'altro anno? Adesso come fai a fare un pastore abruzzese nella Palestina senza pace?» dice sconsolato Giubbileo.

«E famme fare un re Magio!»

«No, caso mai san Giuseppe... Quel giorno si sarà fatto la barba per l'occasione, no?»

La storia di Giubbileo mi ricorda il monologo di Gaetanaccio scritto dal mio amico Gigi Magni, il burattinaio romano anarchico che per magnà accettò il compromesso di andare a fare una piccola recita davanti al papa, suo antagonista politico. Ve lo voglio raccontare perché Giubbileo e Gaetanaccio hanno molto in comune.

Il monologo comincia con Gaetanaccio che alla domanda del cardinale governatore: «Vuoi magnà?», risponde: «Questo me chiede se io voglio magnà... Io devo magnà, ma ar prezzo de 'sto ricatto 'nfame d'annà a recità dar papa».

«Allora non vuoi magnà?»

«T'ho detto di sì.»

Il cardinale allora gli chiede di essere più preciso, per dare la comanda in cucina, e Gaetanaccio gli impartisce un menu composto da tutti i piatti antichi del Lazio: «Zuppa de fave, vermicelli alle alici, cicoria brodettata, broccoli strascinati, fritto de carciofi, allesso di vaccina, trippa, montone girato, abbacchio da latte, capretto gentile, lumache spurgate, cacio cavallo e pecorino, scamorza, cardito, mozzarella di Valmontone; da bere acqua acetosa, Cesanese del Piglio, vino di tutto pasto, rosolio del perfetto amore; per dessert bignè, frappe e bocconotti, frutta a piacere, caffè con lo schizzo, ammazzacaffè, pane e coperto».

«E poi vai a dormì?»

Gaetanaccio, fraintendendo la domanda, controbatte: «Perché, ci hai roba?» facendo il gesto con il palmo della mano intendendo «Ci hai un dopocena erotico?».

Il cardinale, turbato, disse: «Ma statte zitto, va'».

Una volta di fronte al papa comincia uno dei più divertenti pezzi del teatro italiano: «Con il consenso dei superiori, in occasione della santa Natività, andiamo a raccontare una sacra rappresentazione intitolata *La Natività del bambinello. Dramatis personae...*».

I cardinali: «Eh!?».

«Personaggi e interpreti: legionario romano, quarant'anni di servizio dall'Egitto alla Siria, attraverso la Mezzaluna, nella Palestina senza pace, e tre re Magi, Melchiorre, Baldassarre e Gaspare. Er terzo è nero come un tizzo. Al levarsi del sipario entrano tre cammelli di coccio e i legionari.»

E Gaetanaccio racconta una sacra rappresentazione mescolando storia, mito, credenze religiose...

Gaetanaccio è uno spettacolo basato sui tre temi della commedia dell'arte: le bastonate, l'amore contrastato e la fame. Per secoli, nella drammaturgia e nella letteratura si è raccontata la fame per descrivere le condizioni disastrose in cui si trovava il popolo, oppure per far ridere come con le maschere. Al contrario, nella nostra epoca succede che ci sono continenti dove si muore di fame e altri come il nostro in cui il cibo si butta. Eppure il cibo cattura ancora tutta la nostra attenzione. A Roma, se qualcuno ti domanda: «Che hai fatto ieri sera?», se rispondi con un generico: «Ho cenato presto e poi sono andato a dormire» la domanda successiva sarà: «E che te sei magnato?». Se uno magna, si presume che stia bene!

Io non sono uno che mangia molto, mi piace la cucina essenziale, quella troppo elaborata non mi fa impazzire. Tuttavia ebbi una volta l'onore di mangiare i piatti del celebre chef Luigi Carnacina, ma più che per il cibo la serata restò memorabile per la sbronza. In principio arrivò un consommé di cosce di rane. Ci sono certe ricette che nascono per fame e poi diventano *nouvelle cuisine*. È successo così con il brodino di rane che una volta vendevano in strada anche a Roma e che ora è diventato un piatto ricercatissimo. Anche perché è sempre più faticoso acchiappare rane al balzo.

A proposito di rane e della categoria dei piccoli anfibi, la conoscete la storia del reverendo Smith?
«Ma questo c'entra qualcosa con Giubbileo?»
«Be', è una storia che potrebbe raccontare anche lui, d'altra parte, siamo qui nel camerino... Raccontiamoci delle novelle.»

Cominciai con una voce stentorea: «Quel giorno il reverendo Smith uscì dalla sua canonica, come tutte le mattine, all'alba. Il reverendo Smith era conosciuto come un uomo integerrimo, buono, generoso. Come al solito, per eliminare tutti gli effetti del sonno, si umettò il viso strusciando la mano sopra una foglia umida, anzi ro-ri-da (la foglia intrisa di rugiada è solo rorida), poi si mise una sciarpetta attorno al collo e si avviò di buon passo con il suo breviario. Sennonché, quel giorno, all'improvviso, sentì una voce strozzata, strangolata, roca e stridula al tempo stesso: "Reverendo Smith? Reverendo Smith?". Il reverendo Smith si girò verso gli alberi ma non vide nessuno. "Chissà, forse sto ancora sognando" si disse. Si bagnò ancora un po' il viso con un'altra foglia rorida. Stava per proseguire la sua passeggiata quando sentì di nuovo la stessa voce. Guardò in basso e stavolta lo vide! Un rospo gigantesco. Gli occhioni afflosciati, malinconici, quasi schiacciato sul terreno, viscido... È inutile cercare altri aggettivi, quando uno è un rospo, perché infierire: *pora bestia*. Il reverendo Smith rimase un po' perplesso, schifato, poi si fece coraggio e gli chiese: "Hai parlato tu?". "Sì, reverendo Smith!"

disse il rospo inarcando la schiena e gonfiando tutto il gozzo, come le guance di Dizzy Gillespie.

"Ma tu parli?"

"Io sono un principe ma un maleficio m'ha dato queste orrende sembianze" singhiozzò rospescamente.

"E io cosa posso fare per te?"

"Quando troverò qualcuno che mi accudirà e mi scalderà il cuore, piano piano riuscirò a riacquistare il mio aspetto e il mio corpo precedente."

Il reverendo Smith, vincendo lo schifo che provava per lui, rispose in modo caritatevole, com'era sua abitudine. Lo adagiò su una foglia grande e rorida, lo portò a casa sua e lo mise nella vasca da bagno con dell'acqua. E da quel giorno si occupò di lui; catturava le mosche per i suoi pasti. E con il passare del tempo non provò più ribrezzo. Al punto da metterselo sul comodino, così la mattina il rospo poteva dargli subito il buongiorno: "Sveglia, reverendo Smith, sveglia!". Il reverendo Smith gli si era talmente affezionato che decise di farlo dormire sul guanciale vicino a lui. Quand'ecco che una mattina al risveglio: miracolo! Il rospo era diventato di nuovo un principino, efebico, che dormiva completamente nudo nel suo letto.

Signori giurati, perlomeno, questa è la tesi della difesa.»

Non so chi mi abbia raccontato questa storia del reverendo Smith, di certo mai apologo fu più attuale di questo.

«Ah, ma allora era l'avvocato del reverendo Smith... L'hai raccontata tremila volte e non l'avevo ancora capito.»

«Loretta, ma eri qui? Come ti permetti?»

«Senti un po', Ggì, oggi non hai mangiato niente, ti do uno di quegli integratori dietetici, eh?»

«No, non li voglio, non li ho mai voluti...»

«Eppure qualche volta li dovresti assaggiare, perché non sono male...»

Alla cena di Carnacina il brodino di rane era accompagnato da vino bianco che io e Sagitta abbiamo bevuto commentando: «Bono questo». Ma non c'eravamo accorti che gli altri commensali-gastronomi poggiavano appena le labbra e dopo un piccolo sorso non bevevano più. Servirono il primo con un altro vino, e noi: «Bono pure questo!» e, insomma, a ogni portata ci servivano un bicchiere di vino diverso, e io e Sagitta di nuovo: «Bono anche questo». E le parole diventavano sempre più faticose. E così per sette portate, che fanno sette bicchieri di vino. Solo dopo abbiamo scoperto che per etichetta avremmo dovuto assaggiarlo... Non si finisce mai di imparare. Alla fine della cena ci regalarono una bottiglia di ottima grappa, ma arrivati a casa, appena usciti dalla macchina, sentii un gridolino di Sagitta e poi un rumore di vetri infranti sull'asfalto. Splash! La preziosissima bottiglia a terra in mille pezzi e l'odore di grappa sul vialetto restò per due mesi.

La *nouvelle cuisine* non mi ha mai convinto. Quando ho compiuto quarant'anni, ho organizzato una festa. Stavo girando un film di Sergio Corbucci con Monica Vitti. La buttai là: «Se qualcuno volesse passare...». Si sono imbucati tutti! Avevo preparato due buffet, uno con lo chef e la *nouvelle cuisine*, l'altro col fiasco di vino, i fagioli con le cotiche e il cibo da fraschetta... Risultato: la *nouvelle cuisine* non l'ha toccata nessuno!

Entra in camerino una signora di quelle riviste un po' patinate, un po' snob, per un'intervista. Anche lei è patinata, ha esagerato con il profumo, si impre-

gna tutto il camerino. «*Che cos'è, Esprit de Finesse, il nuovo di Blaise Pascal?*»

«*No, Chanel, le piace?*» *Non ha colto.*

Dopo uno scambio di affabili convenevoli, comincia con la prima domanda: «*Senta, ma lei cosa intende per teatro popolare?*».

Penso: «*Mannaggia a me e a quando ho usato questo termine*».

Rispondo a mia volta con una domanda. «*Ma*» *dico* «*per esempio, per lei Shakespeare è popolare?*»

Lei, sicura, scrolla spalle e testa e spande altre ondate di profumo: «*Eh be', certo che no*».

Allora le do la mano, e la saluto: «*Guardi, ho molto da fare, arrivederci*».

A Roma c'era il termine «contamose». Chi siamo? Purtroppo funziona ancora così, facciamo finta di vivere come se ci fossero i salotti di un tempo e invece siamo tutti un po' stretti in qualche tinello Ikea a piangere sui tagli alla cultura.

> Lo sai c'hanno trovato li quatrini,
> Le risorze pe' fa' l'Alta Curtura?
> Saranno pochi pochi i cittadini,
> Che parteciperanno a 'st'avventura.

Se sa, so' cose pe' palati fini,
Er popolaccio manco se ne cura.
So' quasi anarfabbeti, so' burini;
'Na Traggedia pe' loro è cosa dura.

Perché se tratterà de fa' Medea
Ner Colosseo. Penza c'avvenimento!
'N'intellettuale (ci) ha avuto 'n'artra idea:

«Pe' fa' la rima co' 'sto Monumento
Annunciamo: Medeo ner Colosseo».
Fu l'illuminazione d'un momento.

L'idea di aprire teatri nelle periferie, i cosiddetti teatri di cintura, fu straordinaria. I problemi nacquero però quando ci si chiese che programmazione fare, come coinvolgere quel pubblico nuovo al teatro. Io pensai che potesse nascere un vero dibattito sul teatro in generale: per far sì che potesse aprirsi a una funzione di amalgama e collante nella comunità. A mio avviso, è un'ipotesi che anch'essa, fra le altre, ha diritto di cittadinanza. Ricordo un evento al teatro di Tor Bella Monaca che mi lasciò perplesso. Fu ospitato uno spettacolo di Peter Brook, forse il più importante sperimentatore teatrale internazionale.

Io l'ho sempre amato tantissimo, ma quel teatrino di Tor Bella Monaca per un giorno divenne di nicchia. Ora, la stessa parola «nicchia» la odio più di quanto non odi «*élite*». Alla prima c'era un *parterre* che nemmeno alla Scala a Sant'Ambrogio: erano venuti tutti dal centro a vedere Peter Brook!

«Ah, ce sta Peter Brook a Tor Bella Monaca!»
«E 'ndo sta?»
«Chi, Peter Brook?»
«No, Tor Bella Monaca.»
«Sta là! Dopo il GRA (Grande Raccordo Anulare)!»

Tor Bella Monaca non si accorse di niente, il pubblico era arrivato tutto dal centro: un segno preciso. Quel sano e interessante progetto di politica teatrale rischiava di infrangersi sull'atteggiamento che ben conosciamo da sempre: esportare la cultura! La frase non è mia, e ha risuonato per molto tempo insieme all'altra: «Esportiamo la democrazia». Ricordate la guerra in Iraq? Bush, Berlusconi eccetera; allora fu, e lo è ancora, legittimo chiedersi cos'era. Cosa dobbiamo intendere per «cultura», soprattutto quando vogliamo coniugare la parola con un grande progetto popolare? Non se n'è parlato più per qualche anno e ultimamente ho letto che un attore importante del nostro cinema, un po' in ritardo, se n'è uscito ancora con la fatidica frase: «Esportiamo la cultura in periferia». Come a dire, esportatela voi che io c'ho da fa'. Ancora? Ci risiamo?

«La cultura ha d'annà in periferia!»
E mo'? Ricominciamo co' 'sto strazio?
Ma questa è diventata 'na mania.
Ogni tanto ce tocca pagà er dazio

E sopportà qualcuno che je pija
La fissazione de trovà 'no spazio;
Tira fori 'sta vecchia litania
E nun se ferma mai, nun è mai sazio.

Hanno fatto i teatri de cintura
Proprio perché qualcuno ce pensasse
A trasferì du' chili de curtura.

Come fanno? La pijano da dentro
E la porteno fori delle mura.
Però... semo sicuri che sta ar centro?

6

Questioni di popolo

«Quando ve lo dico io, entrano gli zampognari.»

Giubbileo, con il massimo della pazienza, impartisce degli ordini. È chiaro che nella sua testa c'è sempre stata l'immagine di quei presepi semoventi settecenteschi con dei piccoli *tapis roulant* per far scorrere tutte le statuine dietro gli alberi, e farle poi ricomparire magicamente. Per ottenere lo stesso effetto scenografico, Giubbileo ha scelto una piazza con due belle colonne intorno a cui far ruotare tutto il suo presepe.

«Mettete uno straccio e, su, fai finta che è un agnello.»

«Vivo?»

«Vivo! E che è, glielo vuoi portare morto?»

«Ammazza, ma appena nato già se magna l'abbacchio?»

«Ma no, sarà per san Giuseppe, ma te pare che se mettono ad ammazzarlo, lo mungeranno...»

«L'agnello? Ma se è maschio?!»

«Se non la pianti te levo dal presepe. Tu, invece, fai la polenta.»

«Ma come la polenta...»

«Sta' zitto, fai la polenta con il movimento che si vede nei presepi, a scatti, non rotondo. A segmenti. Uno, due, tre, quattro. Uno, due, tre, quattro.»

«Ma sempre quattro?»

«E fanne cinque!»

«Tu, fai il pecoraro abruzzese a Betlemme.»

«Ma che ci facevano i pecorari abruzzesi a Betlemme?»

«Che poi, com'è che a Betlemme si magnavano la polenta? Vabbe', tante cose non si spiegano...»

«Ma tutto si spiega nella Bibbia...»

«Allora spiegamelo tu. Adamo ed Eva mettono al mondo due figli: Caino e Abele. Caino ammazzò Abele e il Signore disse: "Tu sarai condannato per il tuo gesto, ma d'ora in avanti, chiunque incontrerai che ti farà del male commetterà peccato e sarà punito". "Tanto chi incontro?" fa Caino. "So' solo al mondo." Come vedete è una questione di fede, tant'è vero che noi ci crediamo.»

«A che?»

«A Caino. Si dice pure: "Nessuno tocchi Caino", sennò al mondo non ce sta più nessuno. Ma non pensiamoci più, dov'è l'arrotino? E il pescivendolo? Avete visto Olivia?»

«Vabbè, ma chi lo può toccà se...»

«Mo' basta, eh... Se qualcuno mi fa ancora domande di questo tipo va tutt'all'aria. Dobbiamo far capire che qui nascerà l'uomo nuovo. È l'ultima chance... Avete visto Olivia?»

«Ma quella è 'na donna, che c'entra con l'uomo nuovo?»

Giubbileo aveva incaricato Olivia di stagliuzzare dei pezzetti di carta bianca che poi due ragazzetti arrampicati sulle colonne avrebbero sparso sulle teste degli attori. Ma senza Olivia era costretto a occuparsi ancora delle altre scene.

«Quello che beve alla fontana, per favore, la bocca bella aperta!»

«Sempre con la bocca aperta devo stare?»

«Sì, fermo, immobile.»

«Ma l'acqua non c'è.»

«E allora tieni la bocca aperta e fai finta di bere. Il falegname, mi raccomando, devi usare la sega a scatti. Anche il sarto, muovetevi tutti a scatti. Dov'è il ciabattino?»

«Olivia, sei arrivata finalmente, vieni qua. Ma come cammini?»
«Eh, so' un po' affaticata.»
«Più che affaticata me pari ingrassata. Allora, ti va de fare la Madonna?»
«E san Giuseppe chi lo fa?»
«Silvestro.»
«E tu che fai, il bue?» dice Olivia.
Pausa. Lunga pausa.
«È un'allusione? Non mi piace per niente, cara Olivia.»
«Ma non si può neanche scherzare?»

All'improvviso si sente: «Cittadini, è inutile parlare di mafia, la mafia non esiste, c'è sì la corruzione, c'è la criminalità, c'è gente che uccide, c'è gente che stupra, c'è gente che ruba, ma la mafia non esiste. Ed è per questo che il nostro governo... Cittadini, non è senza orgoglio che noi del governo possiamo annunciare che ormai da tempo siamo anche opposizione. E fare opposizione a se stessi non è cosa facile, cittadini, perché proprio noi che proponiamo queste regole, poi siamo capaci anche di contestarle...».

Tutti i barboni stavano fermi ad aspettare come se fosse andata via la luce.

Durante il comizio comincia a nevicare sul serio.

I due ragazzi sopra le colonne, con le tasche piene di carta, scendono e dicono a Giubbileo: «Che famo?».

«Vabbe', ma questa è una prova, non sprecamo la carta, speriamo che nevichi pure alla prima.»

«E questa neve, cittadini, novella manna...»

«Che ha detto?»

«Che la magna.»

«Ma chi la magna?»

«Boh? Qualcuno se la magnerà, è politichese.»

«Viva la democrazia, viva il popolo italiano...»

E poi si sente un rumore di microfoni che gracchiano, poi solo silenzio.

«E mo' che famo?»

«Olivia!»

Tutti si voltano e vedono Olivia vestita da Madonna. È bellissima, Er Piagnone stesso si mette in ginocchio tutto commosso: «È l'epifania!».

* * *

«Loretta, mi ridai quegli appunti che ho preso per quello spettacolo che stavo scrivendo?»

«Meno male che non li ho buttati, Ggì, stavano insieme ai copioni.»

Presto o tardi vorrei mettere in scena uno spettacolo con un titolo onomatopeico: «Ndranghete», come dire «accipicchia». Dove si racconta di un Paese in cui decisero di proporre alla mafia di governare. Mi avete capito bene, di governare loro invece dello Stato. Dopo la proposta seguirono giorni di assoluto silenzio. La mafia non si esprimeva. Evidentemente ci furono delle lunghe riunioni e discussioni. Io non so se la mafia accettò inizialmente e si rese conto solo in seguito che sarebbe stato meglio abdicare. O se invece ritennero da subito inaccettabile quella proposta di governare e dopo mesi e mesi compresero che ognuno doveva conservare il proprio ruolo. Andò a finire che la mafia organizzò persino delle manifestazioni, con dei cartelli su cui era scritto: «Vogliamo uno Stato laico e civile, che faccia funzionare il Paese e soprattutto l'economia, sennò per noi è la fine».

E a Roma si dissero *spaccamo er male a mezzo*. In altri termini: compromesso. La mafia esiste? Esiste e bisogna imparare a conviverci. I mafiosi non ne furono tanto contenti, perché erano stati legittimati.

Piano piano, si rammollirono, e si adagiarono a fare la parte del potere. Si lasciarono corrompere, insomma.

E si resero conto di cosa avevano lasciato. Si guardavano in faccia e si dicevano «Bei tempi, che non torneranno più».

Ho avuto a volte l'impressione che ad arrendersi sia stata anche la mia città. Uno dei segni più evidenti di questo sbando lo si vede un po' dappertutto, dal centro alle periferie, nella *monnezza*, un termine dialettale ormai noto in tutta Italia.

Si sa che a Roma la bellezza è tanta, ma pure la monnezza non scherza. In certi periodi è un po' meno, in altri straborda da cestini e cassonetti. Dai secchioni, come li chiamiamo noi. Quando straborda a volte se ne parla, a volte no, tanto che se ne sono accorti anche all'estero che a Roma i rifiuti sono un problema.

C'è scritto sopra er «Time» americano
Quanto fa schifo Roma Capitale.
E questo ce dispiace. Però è strano
Che mo' tutta la Stampa Nazionale

Da Nord a Sud pe' tutto lo Stivale
Tutt'a 'n botto, come 'na bomb'a mano
Esplode. E tutto er Popolo Romano
Se ne vergogna, ce rimane male

Se sente in corpa e dice: «Ch'è successo?
So' anni che parlamo de la monnezza
E er "Time" se n'accorge solo adesso?».

Pe' ccarità la cosa c'amo letta
È vera, ma quarcuno ci ha scommesso
Che st'accelerazione è 'mpo' sospetta.

Nun è troppo improvviso er temporale?
Qui vonno fa' cascà tutto er Cibborio!
Dicono: «Mo' de tutto quanto er Male
Bisognerà trovà er Capro SPIATORIO».
       [26 luglio 2015]

Non ho mai creduto ai complotti, e non credo che ce ne sia stato uno, ma qualche mese dopo, le vicende romane mi ispirarono un nuovo componimento in duine spurie e sempre molte agre. Perché ci fu un attacco violentissimo, improvviso, contro tutti i problemi della città, che mi insospettì un po' per il livore. Dopo l'articolo del «Times» si scatenò una specie di guerra concentrica di tutti i mass media, giornali, programmi televisivi e radiofonici, contro quei problemi che conosciamo da sempre e che in una sola estate divennero oggetto di una ferocia inconsueta nonostante le critiche fossero giuste.

> Hanno trovato er capro SPIATORIO
> E hanno fatto cascà tutto er Cibborio.

> Allora prima c'avevo ragione
> Mo' c'è crollato tutto sur groppone.

> E hanno armato tutto 'sto casino
> Pe' ffa' dimettere er primo cittadino

> C'hanno pensato tanto e poi, ce credi?
> Se so' dati la zappa sui piedi.

Mo' valla a sistemà 'sta smaronata
Stavorta è troppo grossa la frittata.

Non l'ha invitato il papa, questo è vero,
Mà poteva invità 'n papa straniero?*

Già ne so' ddue, più uno pe' contorno,
Troppi papi a cantà nun se fa mai giorno.

E a costo de non fa' sposare li gay
So' capaci de ffa' du' Giubbilei.

Er derby dei Castelli era annunciato
Però è finito appena cominciato.

Marino** batterà Castel Gandolfo?
L'acquasanta, cioè, contro lo zolfo?

So' state tutte quante fanfaluche
Non se poté giocare per troppe buche

---

* Ci andò di mezzo il sindaco Marino che di sua iniziativa si presentò alla giornata conclusiva del Sinodo di Philadelphia il 27 settembre 2015.
** Marino è anche un castello romano qui in contrapposizione con Castel Gandolfo, altro castello romano, residenza estiva del papa.

Castel Gandolfo ha vinto su Marino
Giocando la partita a tavolino.

«Ma è sempre un uomo dell'istituzione
Bisognerà trovare una soluzione.»

Dice: «Ma in Svezia basta uno scontrino
Così deve essere pure per Marino».

Semo svedesi? Non me n'ero accorto.
È 'na bella notizia, me conforto

Vor di' che mo', chi dice 'na buscìa
Senza pensace lo cacciamo via?

Te figuri che bella processione?
Cammineranno tutti a pecorone

E t'assicuro che saranno tanti
Se frusteranno come i flagellanti.

Hai rubato? Beccate 'sta frustata!
Perché, tu no? Tiente 'sta tortorata.

Ammazzate, m'hai dato una gran botta
Stacci più attento a fijo de 'na mignotta.

> Perché er linguaggio resta sempre quello.
> Ma nonostante Roma è allo sfracello
>
> Se stanno a mette in fila i candidati
> A quattro a quattro come li sordati
>
> Chi potemo votà? Qui sta il busilli,
> Io senza scherzi voterei Ferilli.
>
> [19 ottobre 2015]

C'è una canzone che si intitola *E poi*, che tradotta in romanesco sarebbe: *E mo'?* È proprio tipico di 'sto momento. E infatti si sente riecheggiare dal centro alle periferie. *E mo'? E mo'? Che famo?*

A tutti quelli che mi chiamavano per chiedermi il parere sulla monnezza e il degrado generalizzato ho detto: prima di tutto evitiamo di sporcare. Mi ricordo quando feci delle pubblicità per il circuito delle sale cinematografiche per sponsorizzare l'utilizzo del cassonetto che era una grande novità per la città. Il mio spot mi vedeva camminare per Villa Borghese con i pantaloni a zampa d'elefante. Mangiavo il cocomero. Quando finivo la fetta e facevo per buttare la buccia, entrava in campo un cassonetto. Io buttavo la buccia dalla parte opposta.

Si ripeteva la scena varie volte e alla fine mi sedevo su una panchina trovandomi circondato da cassonetti, e io con la coccia in mano dicevo: «Oh, levate 'sti cosi che sennò ce la butto dentro!». Funzionò.

Ma ahimè il problema della monnezza c'è sempre stato. Scrissi questo sonetto dedicato alla statua equestre di Marco Aurelio, che era stata appena clonata per metterne una copia in piazza del Campidoglio.

Esurtate romani e con orgoglio
Festeggiate 'sto fatto nazionale
Marc'Aurelio è tornato al Campidoglio
Ma dice che nun è l'originale.

Quarcuno dice che è 'na clonazione
Sarebbe come a di', come te spiego
Che è sempre lui, ma è 'n'antro, 'na finzione
Ma è quello vero, 'nzomma un arterego.

È inutile che parli o che discori
Clonano l'animali, te figuri
Si nun ponno clonà l'imperatori.

> Doppio de tutto, infonne sicurezza
> L'unica cosa è potè sta' sicuri
> Che nun clonino pure la monnezza.

Il problema della monnezza è eterno, perché, che ti fanno i politici invece di ripulire le strade e l'amministrazione? Prima di tutto si rifanno l'immagine. Un po' di maquillage: un tocco di fondotinta e via. A volte si accontentano di un ritocco linguistico...

«Romeo perché ti chiami Romeo? Rinnega il tuo nome. In fondo, che cos'è un nome? Quella che noi chiamiamo rosa, con qualsiasi altro nome, profumerebbe altrettanto dolcemente.» La giunta avrà ricordato queste celebri battute di Giulietta quando ha pensato di dare alla capitale un nuovo logo in cui Roma si chiama «Rome» e l'apposizione «capitale» è stata eliminata?

Roma, perché ti chiamiamo Roma? Perché invece non ti chiamiamo, per esempio, Rome o Rzim, per i polacchi? In inglese è più facile per i turisti, e poi si può fare il gioco di parole accattivante: Ro-Me and You. Accattivante solo se lo si vede scritto, perché a leggerlo a voce alta sarebbe Ro – Me and You, e c'è da chiedersi chi sia questo Ro, il terzo incomodo?

Se Roma non è più Roma, anche «capitale» si può togliere, avranno pensato i creativi, tanto che è capitale si sa, lo si impara già alle elementari, che bisogno c'è di ribadirlo? Forse una capitale non lo è più se ci metti «and You»?

>Ma dimme 'mpo': what have we done de male?
>Somebody ha cancellato «capitale»!
>La Città Eterna s'è cambiata er nome:
>Prima era Roma, mo' se chiama «Rome»
>Che se pronuncia Rom. Qui c'è er sospetto
>Che ce vonno trattà come in un ghetto.
>No more la Lupa, povero animale,
>But only «Rome and You»! Nun è geniale?
>E SPQR? «Eliminato.»
>Dice che è vecchio, brutto e logorato.
>Ma tutto questo je serve alla città?
>It's very important, e chi lo po' negà?
>Ma 'n c'è some other problem prioritario?
>In other words, un po' più necessario?
>For exemple the traffic, la monnezza?
>What c'è de novo sulla sicurezza?
>Alle Popular Houses 'n ce penzamo?
>E le buche? The stones? Li Saintpietrini?
>What the hell risponnete ai cittadini?

E pe' tranquillizzà tutta la ggente
L'autority rispose immantinente
'Na thing pe' vorta nun esaggeramo.
Si je dai un finger vonno tutto er braccio
Mica potemo fa' così, a casaccio.
We'll find the time pe' riparà le buche
But, for now, nun sparamo fanfaluche;
Che c'è tanto da fa' qui ar Campidojo.
Quindi adesso shut up co' 'sto cordojo!
[14 febbraio 2015]

Era un progetto ma fortunatamente ci hanno ripensato. Quando succedono queste cose mi convinco ulteriormente che bisognerebbe istituire una commissione di vigilanza sul linguaggio, perché se è vero che il linguaggio si modifica col mutare della realtà, è anche vero il processo inverso: il linguaggio può modificare la realtà, o perlomeno, la percezione che ne abbiamo. E non è poco; gli effetti possono esseri disastrosi.

In questo caso, con il logo da utilizzare per la comunicazione di Roma, per la sua «brandizzazione», come direbbero alcuni, togliere SPQR dallo scudetto e metterci uno slogan in inglese trasformerebbe l'Urbe in una città di provincia. Si cerca di rendere

Roma una città internazionale, quando Roma lo è già di fatto.

Se esistesse questa associazione di salvaguardia e di vigilanza del linguaggio, un'idea come Rome and You non vedrebbe la luce. È come se a New York il logo della città fosse «Nuova York e te»: non sembra molto sensato. Figuriamoci poi con un nome che esiste quasi da tre millenni: perché dovrebbe farsi pubblicità e piegarsi a una lingua straniera? È una questione importante, di identità. Roma è Roma, e basta. Anzi, *Roma è 'na sintesi*.

> Iersera, nun lo so perché – succede –
> M'è venuto da di' «ROMA È 'NA SINTESI».
> E lo dicevo in tutta bonafede,
> Nuno lo coprivo dentro a 'na parentesi.
>
> «Roma è bella ar passato e ner presente!»
> M'è parso ovvio e pure un po' banale.
> È 'na bella città, sì, veramente
> Ma se te viene in mente Corviale...
>
> Sintesi allora delle zozzerie
> Dei monumenti, de le coruzioni
> Delle sincerità, delle buscie.

Certo sì, ce sta er bello e ce sta er brutto.
«Ma allora Roma è sintesi de che?»
A coso... «ROMA È SINTESI DE TUTTO.»

C'è un'altra novella che vorrei raccontarvi.

Ecchete che un giorno, in una cesta che navigava al fiume, per curente, ci stavano sdraiati due gemelli che erano i figli di rea Silvia ingravidata da Marte pe'n capriccio un giorno che voleva fare il prepotente. Bisognava ammazzalli ma 'n poraccio ebbe pietà e li abbandonò al destino del dio che se chiamava Tiberino. Forse fu lui che guidò il tragitto e fece sbattere la cesta addosso a un fico che stava proprio accosto alla riva, che fu chiamato «fico ruminale», ma non cercamo di sapè perché ogni studioso ne dà una diversa interpretazione. (Per esempio *rumon* in latino vuol dire fiume. Per cui c'è chi dice che Roma viene da rumon e non da Romolo. Ma lasciamo lì l'erede che sennò mi viene il mal di testa.) Sotto a 'sto fico ci passò la lupa che vide la cesta, la tirò alla riva, e invece di sbranà le due creature, decise di allattalle e fu da allora che ancora sta ad allattà. Ed è rappresentata su tutte le carte da bollo, i manifesti, tutte quante le insegne comunali.

No, no, nun è la Lupa! L'animale
Che rappresenta più mejo la città,
Pe' nojartri de «mafia capitale»,
Nun è più quello, dimo la verità.

Fin dai tempi der fico ruminale
Lei nun ha fatto artro che allattà,
e ce l'hanno ridotta proprio male
Li du' gemmelli a forza de succhià.

Pe' noi nun c'è rimasto quasi un cazzo.
Più tempo passa, più questa sciupa
E avemo tanta fame qui ar Palazzo.

Peccùi, pe' sarvà tutta la baracca
La proposta è de cancellà la Lupa
E de sostituilla co' 'na vacca.

Nell'*Eredità Ferramonti,* il bel romanzo di Gaetano Carlo Chelli da cui fu tratto un film di Bolognini in cui ebbi una parte, è descritta Roma all'epoca dell'Unità d'Italia, quando divenne capitale. Fu un periodo di importanti interventi urbanistici. Tra questi, gli argini del Tevere; su come realizzarli si tennero infinite discussioni. Il Tevere esondava spesso e i muraglioni risolsero il problema, ma Roma perse la sua identità di città fluviale. C'erano addirittura due porti commerciali: Ripa Grande e Ripetta. C'è un poemetto di Pascarella del 1894 che si intitola *La scoperta dell'America,* in cui si parla di Ripa Grande. Cristoforo Colombo chiedeva alla regina di Spagna «tre navicelli», e alla domanda di lei:

«E ognuno, putacaso, quanto granne?»
«Eh,» fece lui, «sur genere de quelli
Che pòrteno er Marsala a Ripa Granne.»

C'era un traffico mercantile sul Tevere molto intenso. Poi si fecero dei muraglioni talmente alti che un ragazzino oggi non s'accorge neppure che c'è il fiume fino a che non cresce. Forse si sarebbe dovuto risolvere il problema a monte, con delle dighe, chissà... Ma ai nostri urbanisti di allora non venne in mente.

7

Sogno o son pesto?

È capodanno. In teatro è tutto pronto per festeggiare insieme al pubblico. Lo schiumante, così lo chiamavano un tempo, è dello sponsor. I bicchieri di plastica trasparente a forma di calice. Si sa che alla mezzanotte s'ha da fare la conta alla rovescia. E auguri, auguri. Comunque, prepariamoci.

Si spalanca la porta del camerino.

«Gigi! La sala si sta svuotando, tutti vogliono uscire ma pare che non ci riescano.»

S'è sparsa la voce che fuori stanno sfasciando tutta la città, sparano, ammazzano, distruggono. In effetti la tensione cresce, arriva al parossismo. Tutti si precipitano verso l'uscita, ma sono come frenati da un ostacolo invisibile che si frappone tra loro e le porte.

Solo nei cessi funzionano i telefonini. Mai visti cessi così affollati. Tutti chiamano col cellulare alle orecchie ed è come se si telefonassero fra loro guardandosi con gli occhi stralunati.

Qualcuno grida: «Arridatece i sordi! Fuori c'è la peste!».

Una vocina azzarda: «L'angelo sterminatore». Anche in circostanze tragiche c'è chi ci vuole fare citazioni colte.

Le ballerine seminude con pesanti cappotti addosso fanno esercizi di stretching...

Scesi, passai in mezzo alla gente e arrivai fino alle porte. Le aprii, c'era il sole. «Ma era mezzanotte, dovevo fare gli auguri in scena. Santità! Aiuto! Aiuto, santità, c'è la peste!»

«Ggì, stavi a dormì, te senti bene? Sei tutto sudato.»

«Oddio, oddio. Loretta, ho fatto un incubo, ma la gente c'è?»

«Certo che c'è, è quasi mezzanotte, devi fare gli auguri.»

Tanti auguri a voi, ma nessuno applaudì.

Ah be', con il bicchiere in mano come fanno ad applaudire...

Mi sciolgo la lingua con un grammelot, poi ripeto tre volte: «Pietro potrà proteggerla». Provateci anche voi. È molto più difficile di «tigre contro tigre». E mentre pronuncio sillabe senza significato, mi viene in mente una serie di parole, che un significato l'avevano, e pure importante... poi l'hanno perso.

Perché alcune parole, a forza di essere usate, non si sa più cosa significhino. Un po' come un abito lavato troppe volte che finisce per stingersi e noi non siamo più in grado di dire quale fosse il colore originale: è beige ma poteva essere rosso, verde o arancione. E se chiedi in giro di che colore è, ognuno ti darà una risposta diversa. Ci sono parole che vanno incontro a questo sortilegio: le loro definizioni diventano opinioni.

Perdere un linguaggio comune, in cui a una determinata parola corrisponde un significato, se non identico, perlomeno simile per tutti, impedisce di comunicare. Spesso, soprattutto nel discorso politico, si parla tantissimo, si fanno dichiarazioni via tv, radio e Twitter, eppure non si comunica nulla. Il risultato è un cacofonico blablare in cui ognuno capisce quello che vuole. Cioè, niente.

Democrazia
Viene chiamata in ballo da tutti per nobilitare qualsiasi cosa. Ormai più che una parola è uno slogan; ho visto addirittura una pubblicità di un supermercato che la usava per mettersi in mostra. Ora il supermercato non si sceglie più perché è conveniente, di qualità, comodo, perché sei tu. No, perché è democratico!

Popolare e culturale
Del popolo o per il popolo, quindi buono e giusto... ma anche no: di basso livello e scarso valore. Spesso aggiunto al sostantivo «cultura» per peggiorarlo. Non è difficile per chi ci governa fare i celebri tagli alla cultura, che in tempo di crisi è sempre la prima ad essere tagliata (da cui la famosa frase che riecheggia per tutti i musei: «Con la cultura non si mangia»). C'è poi il popolaresco che non è né colto né popolare, ma può essere utile per chi giudica.

Narrazione
O anche *storytelling*, per chi vuol fare l'anglofono. È una mania, su ogni cosa bisogna costruirci una storia, una novella, un poema, anche una bar-

zelletta va bene. L'importante è che ci sia emozione e che venga ritwittato almeno un centinaio di volte, se no non esiste! Io lo tradurrei con «raccontamosela».

Lavoro

Sul lavoro si fonda la nostra repubblica, ma quale significato ha il lavoro oggi?

Dopo la guerra trovare lavoro non era certo facile, ma c'era la speranza di farcela. Mia sorella, che aveva studiato da segretaria, trovò lavoro tramite una segnalazione in un reparto di parassitologia all'Istituto superiore di sanità... Non c'entrava niente con la sua preparazione! Poi fu bravissima, ma aveva studiato per tutt'altro. Per molto tempo il lavoro è stato sinonimo di posto fisso; non era poi così difficile trovarlo e si svolgeva secondo un rito ben preciso: alzarsi la mattina e andare a lavorare in una ditta o nel pubblico. Con lo stipendio potevi pagare i beni di consumo a rate, e mese dopo mese aggiungere un pezzettino al tuo status sociale. Da quando si chiama *jobs* è diventato americano e piano piano dovremo imparare a conoscerlo. Con un orrendo gioco di parole qualcuno ha azzardato: «Ce vo' la pazienza de Jobs».

Europa
Parola *passe-partout*: ce lo chiede l'Europa, è colpa dell'Europa, è un problema dell'Europa. *Vuolsi così colà dove si puote ciò che si vuole, e più non dimandare.* Una domanda si impone: ma si vuole davvero in Europa e, soprattutto, si puote?

Istituzione
Spesso l'istituzione viene confusa con un partito e con le nomine. Il nostro è un Paese basato sulle nomine da sempre. Chi ha conquistato una nomina crede di aver conquistato il potere, ma non sa che chi l'ha nominato lo può snominare.

Poi ci sono parole desuete, ma che, a ben guardare, non hanno mai avuto una vera corrispondenza con la realtà, come «proletari», se riferita agli italiani. C'era pure la parola «borghese».

> Ma, i borghesi?
> Spariti!
> Eh sì, succede,
> C'est la vie
> Svegliarsi bagnati
> Ansanti

Per l'incubo
Ricorrente:
Ancora negli occhi
O nella mente:
Una spiaggia
Una landa desolata
Tipo Gustav Doré (due note ma infernali)
Popolata
Da nudi dolenti;
Vaganti
Come da repertorio
Mio Dio!
Son loro,
Sì loro!
I Borghesi!
Isbigottiti
Che tentano ancora
Goffe trasgressioni
Per respirare, dicono,
Utopie
E urlano in coro
Come fosse greco
«Épater, épater»
Ma ormai
Quasi mattino

Impotenti s'allontanano
Prigionieri del sognato.
E per la rapida
Zoommata indietro
Del Risveglio
Rimpiccioliscono
E di colpo
Sono laggiù
Li vedi sempre più piccoli,
E borghesi
A ripetere vecchi gesti
E slogan culturali,
Che ancor credono eversivi.
Come i consolatori
Registi del regime,
Denudatori di poveri Cristi
Per esigenze d'avanguardie istituzionali
In lamentosa débâcle crisiologica.
Mentre il Nuovo
È sempre più lontano
Inafferrabile;
E, anche se camuffato,
Ancora impera e vince
Il caro rassicurante «Tengo famiglia»
(Allargata, irriconoscibile magari omosessuale

Ma sempre famiglia è)
Ora
Il Risveglio è completo.
Battiti regolari,
Caffè, il sole,
Una bella giornata
Notizie alla radio
Sbadigli e... nient'altro?
Ah sì, un po' di sudore.
Il resto (parafrasando Amleto) non è silenzio,
Il resto
Ormai è rumore, solo rumore.
La doccia!

Le parole quindi sono importanti, se sono in versi ancora di più.

Il sonetto è uno scambio satirico che talvolta può essere duro, ma denota sempre una buona dose di rispetto per l'avversario, perché significa che hai dedicato del tempo a comporre, a cercare le rime... Il sonetto, insomma, può essere un atto di guerra ma è da tempo di pace.

A me piace scrivere in versi dei fatti di cronaca che mi colpiscono, in genere quelli più paradossali; peccato che in Italia i paradossi si sprechino, così non faccio in tempo a trovare le rime che i temi caldi sono già stati soppiantati da altri avvenimenti.

Se ti riesce bene un sonetto, anche una sola quartina è molto più efficace di una lunga intervista, così come una vignetta è più incisiva di un lungo monologo satirico. A un povero rimarolo come me, per cercar le rime giuste e la giusta sintesi, serve un minimo de tregua, perché non hai finito di scrivere del leghista che ti vuole conquistare il Sud che scoppia uno scandalo di malaffare tra politica, appalti e mafie, e allora tralasci quello e comincia quest'altro, e intanto annunciano le elezioni al Quirinale o quelle del papa o un Anno Santo. E allora attacchi con un altro sonetto, ma lasci a metà anche quello, perché è sapida la notizia dell'assenteista pubblico ufficiale o un'emergenza monnezza; stai per cominciare quello e sbucano fuori i nemici di papa Bergoglio: quante rime ghiotte, Bergoglio, Badoglio, foglio, portafoglio. E allora cominci questo con la certezza che non lo finirai.

Il sonettaro satirico *un tempo aveva più tempo*, fra un evento e un altro evento. Un po' de calma, ragazzi, fatece respirare per cortesia, d'ora in poi aspettateme, non riesco a stavve dietro, la poesia so' cazzi.

I sonetti, dicevo, prevalentemente li scrivo in romanesco. Il sonetto a Roma è stato per lunghissimo tempo una forma di comunicazione popolare per contestare il potere usando dei versi, delle quartine molto violente che venivano scritte su dei fogli posti sotto le cosiddette statue parlanti: Pasquino, Marfoglio, eccetera.

Il dialetto ha una sua intrinseca comicità; per esempio un mio sketch è leggere *La pioggia nel pineto* con accento barese o foggiano, imitando un mio professore del liceo. Ogni volta è un successo, il contrasto tra contenuto aulico e accento regionale (potrebbe anche non essere barese, andrebbero benissimo anche il bergamasco o l'anconetano) è un trucco a botta sicura.

Non aggiungo niente di nuovo se dico che l'importanza dei dialetti sta nella sintesi: tutti i dialetti ce l'hanno, ma il romano ha una marcia in più. Il romano ha regalato alla lingua italiana espressioni, parole, significati per i quali dovrebbero ringraziarci. Per capirci, se invece di dire: «Sono stato particolarmente sfortunato in quella circostanza», uno dice: «M'ha detto pedalino». Oppure «M'ha detto zella», se fa' prima.

Alcuni proverbi o detti popolari hanno delle origini divertenti, vere o romanzate che siano.

Ernesto Nathan è stato uno dei migliori sindaci che Roma abbia mai avuto, un mazziniano, nato a Londra, cosmopolita e di grande onestà intellettuale.

Si era nel primo decennio del Novecento e nel bilancio del comune di Roma c'era la voce «Frattaglie per gatti». I gatti erano tenuti in grandissima considerazione già allora, perché davano la caccia ai topi – specie animale particolarmente agguerrita e prolifica nella capitale. (Nell'antico Egitto il gatto era sacro. Sarà per lo stesso motivo? Ce ne saranno stati de sorci dentro le piramidi...) Mentre esaminava il bilancio, Nathan rimase stupito di fronte a questa spesa e decretò che la si depennasse: i gatti avrebbero dovuto saziarsi con la carne di roditore, non con la trippa. Da cui il modo di dire: «Nun c'è trippa pe' gatti». Pronunciato però con una forte dizione anglosassone.

Una versione più triviale di questo episodio vuole che Nathan abbia esclamato in angloromanesco alla vista della voce «gatti»: «E 'sti cats?», dando origine alla famosa espressione ormai nazionale «sticazzi?».

A proposito di espressioni romane, ce n'è una che mi è sempre stata oscura. Non capisco chi sia stato capace di sintetizzare «In ultima analisi, se facciamo bene i conti, sempre la stessa cosa è» con «Un cazzo e tutt'uno». Ma chi l'ha inventato? Se qualcuno lo sa, faccia il nome.

Ma tornando alla poesia, mi piace farla, leggerla, anche quando è scritta da qualcuno che non definiresti poeta.

Nella mia vita mi sono imbattuto in due poeti che non ti aspetti.

All'epoca di *A me gli occhi, please*, nei pressi della tenda c'erano parecchi matti, che erano liberi di stare in giro per effetto della legge Basaglia. Avevo fatto amicizia con una donna che in gioventù doveva essere stata bella, e un giorno mi disse che scriveva poesie. Me le aveva date ed erano bellissime, mannaggia a me che le ho perse.

Le piaceva cantare e una sera durante lo spettacolo di una compagnia giapponese che faceva *Ecuba*, mentre alcuni attori in abiti medievali giapponesi recitavano, con gesti «stilizzatissimi», la donna corse forsennatamente in mezzo alla platea, salì sul palco con un balzo e si mise a cantare *Volare oooh*. Il pubblico non fece una piega; da uno spettacolo sperimentale ci si può aspettare di tutto, e la poetessa matta era di una contentezza indescrivibile. La portarono via fra applausi scroscianti.

Un altro poeta inaspettato fu un ladro che venne a rubare in casa mentre io dormivo ignaro di tutto. Qualche giorno dopo il furto trovai nella cassetta delle lettere una missiva scritta a mano e in versi. «Una sera andavo per i tetti, quando entrai nella casa di Proietti. Entrai e vidi che questo compagno...». Quando lessi la parola «compagno» ebbi un brivido, pensai: «Ammazza, roba politica». Mi accorsi solo dopo che era un termine usato soltanto per far la rima con «russava come uno scaldabagno». Era una poesia del ladro che, in rima, mi diceva di essere capitato a casa mia per caso, e quando se n'era accorto aveva rubato solo il minimo, giusto per tenersi un ricordo. Tutto sommato mi fece piacere. Anche se a ripensare che qualcuno entra in casa e ti guarda mentre dormi è inquietante.

E inquietante fu anche quello che successe ai nostri amici barboni.

«Racconta, Ggì.»

8

Giornata nera per Giubbileo

«Che peccato che ha smesso di nevicare» disse Giubbileo.

La piazza delle Due Colonne era tutta imbiancata. «Avremmo almeno potuto risparmiare sugli effetti speciali» rise de core da solo a questa battuta.

Giubbileo ripassava mentalmente le figure del suo presepe quando si sentì toccare una spalla.

«Te serve un po' di neve?»

Era Forfora, uno spacciatore molto noto nella città invisibile per... Be', è facile intuire il perché.

«La neve c'è, basta volerlo. Ce stai?»

Era da tempo che Forfora cercava di convincerlo a spacciare per lui.

«Va bene» gli rispose Giubbileo prendendo le bustine e poi buttandole per terra.

«Ma che stai a ffa'?»

Giubbileo senza dire nulla si slacciò i pantaloni e ci pisciò sopra.

«Non sai che hai fatto» gli disse Forfora prendendolo per il bavero, ma gliene restò mezzo in mano, con gli occhi iniettati di sangue: «Te leverò la sete cor prosciutto».

Erano tutti impietriti tranne Giubbileo che gli urlò: «E levame pure la fame co' la bira!». Poi si voltò verso Silvestro e gli altri: «Forza, ricominciamo e annamo, che non abbiamo tempo da perdere, forza, ragazzi, dateve una mossa».

Forfora se n'era andato promettendo vendetta e sputando sul mezzo bavero.

«Giubbileo, tu non ce l'hai mai detto che parte farai in questa rappresentazione?» gli chiese Silvestro.

«Lo volete proprio sape'?»

«Sì!» tutti in coro.

«Io farò l'imbonitore: "Venghino, siori, venghino".»

«Ma, come un ciarlatano?» chiese quel negrone di Nuvola Bianca mentre girava la polenta.

«Eh, perché no, accompagnerò gli spettatori, je devo spiegà che sta per nascere l'uomo nuovo, o se preferiscono che può rinascere quello di prima, ché pare che se lo so' scordato. Insomma, c'è qualche cosa di nuovo nell'antico.»

«E se non viene nessuno?»

«Verranno, verranno, sarà una grande epifania!»

«La befana? Ma nun è Natale?» disse Silvestro.

«Non me fa' parlà, va, namo, che ricominciamo.»

«Boh? Sta cosa dell'epifania che arriva pe' Natale non me convince.»

«Dateje giù co' la neve finta e tu falla sentire quella zampogna. Cercate de crederci!»

«A che?»

«Crederci e basta!»

Avevano ripreso ognuno il proprio posto quando dagli spacchi e dalle crepe dei ruderi della piazza spuntarono alcuni giovinastri che indossavano delle felpe con su scritto «Vattene!», modello Salvini.

«Signori, lo spettacolo debutterà in data da definirsi,» azzardò Giubbileo «non siamo ancora pronti.»

«Ma non avevi detto a Natale?» insiste Silvestro.

«E statte zitto» disse Giubbileo fra i denti, «statte zitto. Ehm,» rialzando la voce «se volete facciamo un po' di prove aperte.»

«Più aperte di così» disse Er Piagnone.

Per tutta risposta gli arrivò una bastonata in testa e lui, meraviglia delle meraviglie, per una volta, invece di piangere, rise.

Ma quelli non erano interessati alla rappresentazione, perché, senza pronunciare una sola parola, iniziarono a malmenare tutti e a sfasciare tutto. L'aggressione terminò in fretta, anche perché Giubbileo li convinse che non c'è gusto a sfasciare ciò che è già rotto, e i ruderi li ha già sfasciati la storia. Se ne andarono pensierosi non curandosi di Forfora che, con gli occhi sempre più iniettati di sangue, vedeva lasciata a metà la sua vendetta.

«Qui si rischia brutto» disse Er Piagnone.
«Piagnò! Ma che fai, ridi?»
«No, io piango così. Volevo dire che se filmassimo invece di fare tutto dal vivo rischieremmo di meno, no? Lo rimedio io uno studiolo televisivo.»
«Il segreto del teatro è il clima. In uno studio televisivo l'unico clima che c'è è l'aria condizionata. Tutto ciò che si riesce a fare e a comunicare dal vivo, lì si congela e così arriva nelle case.»
«Sì, ma almeno non dovresti fare i conti con queste aggressioni. Tu non hai ancora capito che la tua rappresentazione dà fastidio a molte persone» disse Er Piagnone ritornando al suo solito tono lamentoso. «Molti di quei ragazzi li ho riconosciuti. Ricordati che io faccio il giornalista. Sono figli di

onorevoli, di professionisti, insomma della classe dirigente...»

«Della classe abietta» sottolinea ironico Giubbileo.

«È gente sia di estrema destra sia di estrema sinistra, di tutte le razze.»

«Gli aggressori si possono sempre perdonare. Questo è o non è il Giubileo della Misericordia? L'hanno assicurato tutti gli alti prelati della Curia. Voi» gridò rivolgendosi a tutti «sapete che cos'è la misericordia?»

Tutti si guardarono perplessi e poi, abituati a essere coro, come se uno avesse battuto il tempo, risposero: «Boh?».

«Tu, piuttosto, hai filmato tutto quello che è successo?»

«No» rispose Er Piagnone.

«Ecco, pe 'na vorta che potevi fare uno scoop...»

«Piagnò, la stessa cosa vista in tv o dal vivo è completamente diversa. Chi va a teatro è coinvolto, mentre chi guarda la tv è passivo, non fa nessuno sforzo per godersi lo spettacolo, anzi non l'ha nemmeno scelto: si guarda "quello che passa la televisione". Me spiego?» chiese a tutti quelli che stavano ascoltando.

Tutti in coro, come prima: «Nooo».

«Vabbè, mo', non ve preoccupate de 'ste teorie. Ricominciamo, e quelli che ce l'hanno si rimbocchino le maniche. Daje che sennò sto ragazzino quando nasce è già vecchio.»

Giubbileo ha ragione, ragazzi, il teatro è tutto l'opposto: comincia già da quando lo spettatore decide di andarci, significa comprare il biglietto giorni o settimane prima, poi uscire di casa per tempo, salire in auto o sul bus, parcheggiare, camminare, attendere nel foyer. *The breath* di Beckett è uno spettacolo che dura pochi secondi: si apre il sipario, si sente il pianto di un bambino, poi un sospiro, e si richiude il sipario. Così il teatro diventa l'atto terminale di un percorso iniziato molto prima. Chissà, la fine del teatro stesso, per Beckett.

Il teatro, come tutte le arti performative, presuppone un pubblico partecipe, attivo, e se il pubblico è molto numeroso, una folla, è più facile che avvenga qualcosa, per cui anche i più scettici si fanno prendere e coinvolgere. Questo qualcosa può definirsi clima.

Quando tante persone sono riunite in uno stesso luogo e sono tutte concentrate sullo stesso oggetto, si genera un'energia che un attore può far virare in un senso o nell'altro. Per questo, nonostante i tanti mezzi di comunicazione che abbiamo a disposizione oggi, il comizio, il teatro, la piazza restano insostituibili. Ma il clima può nascere anche per caso, senza bisogno di attori carismatici. Finché si tratta di spettatori può essere bellissimo, può invece diventare pericoloso se si ha davanti un popolo. Piazza Venezia ne sa qualcosa.

Tino Scotti mi raccontò un aneddoto accaduto a Bologna, quello della cantante che «la va zà» (la cantante che va giù). Una sera la cantante era così agitata per il debutto che svenne in scena. Si sparse la voce di questa «performance» e il giorno dopo il teatro era gremito di gente che voleva vedere la cantante che «la va zà»: si era creato l'evento. L'artista emotiva aveva a sua insaputa messo a segno un perfetto *coup de théâtre*! Però, a dirla tutta, la cantante non fu mai così convincente come la prima sera.

Oggi la star, l'affabulatore, l'illusionista è il politico. Ci sono stati i divi della commedia all'italiana e del teatro, poi calciatori, ciclisti o piloti; oggi ci toccano politici ed esperti televisivi. E c'è un motivo: fanno audience.

Quando e come è successo? La risposta trovo che sia piuttosto semplice, quasi banale. Oggi la star televisiva è chi sta in televisione sempre.

Sono i politici e gli esperti a presidiare ogni poltrona e sempre gli stessi si improvvisano di volta in volta giornalisti, criminologi, polemisti, esperti militari... Una volta si chiamavano tuttologi. Questo esercito ondeggia tra studi delle tv private o pubbliche.

Ogni tanto si nota che qualcuno va via prima della fine del dibattito. Cambi canale e te lo ritrovi dall'altra parte, più veloce dello zapping. Mi chiedo: avranno fatto bene al Paese tutti questi esperti?

Come attori consumati, hanno scoperto come farsi inquadrare; appena vengono ripresi, cominciano a fare no con la testa, a sorridere e a fare boccucce, ammicchi. Sono performer eccezionali! E tutti sanno di tutto.

In tv

Un branco d'esperti
Analizza,

A cachet; da mane a sera.
Dilaga ormai l'analisi
Irrefrenabile,
Non ha limiti
Non ha orario.
Sì, loro indagano,
Su tutto
E il suo contrario,
Sempre e comunque.
Seri,
Esegeti,
Simpantipàtici,
Ma, soprattutto, Ubiqui,
Malati d'horror vacui.
Le palle fischiano,
La Libia incombe.
Intanto cadono
Le sante
Amate bombe
(E sono armi
Occidentali,
Dolorose,
Ma necessarie;
Come le guerre, dicono.
Oneste,

Letali
E quindi funzionali)
Il drone, ad esempio,
Per il barcone
Sai come si dice, no?
È la morte sua.

E le mazzette
Anch'esse,
Giù dal cielo
Svolazzano, si smazzano
Corrompono anche l'aria.
Poi si ricompattano e,
Come falchi,
Piombano da ogni altezza
E gli esperti
(Mai periti ahimè)
Anche di questo parlano
Discettano,
Perfin nei corridoi
Delle emittenti,
Che percorrono
In fretta
Per essere presenti
Dappertutto.

Non s'avvedono
Della monnezza,
Che, come lercia neve,
Sommerge i loro corpi
In giorni felici
(Beckettiani?)
Ma non le loro bocche,
Che, inquinate,
Tossiche di rifiuti
Ideologici,
Unte
Di luoghi comuni,
Non più differenziate,
Imperterrite
Blablano blablano blablano.
E sbiadisce per noi
Ogni speranza
D'una qualsiasi sintesi:
«Non vorrei rompervi il filo,
Ma giusto il tempo di una prece:
Un po' di pace,
Vi prego,
Una tregua,
Sia pur fittizia, ma rigeneratrice...»
Eh?

Niente! Non sentono.
Le voci degli altri
Coprono con la propria.
Insisto:
Sospendete, vi prego,
Ogni approfondimento,
Non – ci – serve.
E riprendete fiato.
Per un po',
Soltanto per un po'.
Fatelo per pietà...
Non vi fermate?
Ma allora non capite:
state zitti, perdio! Fate silenzio!
Li mortacci vostri.

Fra loro c'è chi tenta di terrorizzarti: «C'è la violenza, attenti, il pericolo si annida dove meno te l'aspetti. Se voti per me, tutto se carma». E il terrorismo è argomento ghiottissimo. Allora tu fai per uscire di casa e ci ripensi: magari mettono una bomba, ti derubano, ti assaltano; esci in balcone e ti fai il segno della croce: quella nuvola laggiù non si trasformerà in un uragano spaventoso?

Dunque, vedemo: 'n dove stamo annanno?
Ar Paese je piace er populismo.
Quarcuno se n'è accorto e vo' fa danno.
Dice che qui è sbarcato er terorismo

E io lo sto a sentì, ma me domanno:
«Che ce lo dici affa'?». Questo è cinismo!
Pe' du' voti ce fai morì d'affanno.
'Na vorta se chiamava opportunismo.

Finora quelli ci hanno risparmiato.
Forse noi nun stavamo nella lista;
Invece tu apri bocca e je dai fiato,

Semini la paura, spari a vista
Le più grosse cazzate der creato.
Tu sì che sei davero un terorista!

«Oh, ma quanti siete nel camerino di Giggi? Andè a prepararve, ànemo, che fra poco se torna in scena, che qui al Nord son puntual!» Loretta parla una lingua che vorrebbe essere nordica.
Per arrivare in questo teatro abbiamo attraversato un'autostrada dove c'era scritto: «Fora i romani dal Veneto».

Fortunatamente l'abbiamo solo attraversata e siamo in Lombardia. Peggio me sento.

«Ma Olivia?» chiede un attore.

«Olivia... è bellissima.»

«Sì, sì, ma che fine ha fatto?»

«Secondo me, Olivia ha un altro corteggiatore ed è sparita con lui» sentenzia la prima attrice.

«Come ti permetti? 'Sta curiosità morbosa da rotocalco... Ma perché dobbiamo metterci di mezzo sempre l'amore materiale? Le storie più appassionanti sono quelle dove l'amore viene solo sfiorato, con pudore...»

«E cioè?»

«Scusate, ma non sto capendo più nulla,» dice un attore «allora, Giubbileo e gli altri trovano un posto dove fare le prove ma poi arrivano 'sti zozzoni a riempirli di botte?»

«Sì.»

«Pure Olivia è lì in mezzo?» domanda la seconda attrice.

«Ndemo, ndemo in scena, che qui al Nord son puntual.»

«Loretta, ma come parli?»

«M'adatto, semo a Milano, la capital moral!»

Eh, già, *morale*, che vorrà più dire?

Nel meraviglioso mondo della classe dirigente è in voga staccare il termine *politico* da *morale*. Spesso si sente: «Questo riguarda la morale, il mio *invece* è un discorso politico». Invece! Dà i brividi. Che il politico possa essere amorale o immorale, è un fatto diventato congenito per l'antropologia istituzionale, quasi che morale e politico siano termini antitetici.

Ma sentite cosa ha scritto di Milano un genio romano come Giuseppe Giovacchino Belli: «Io mi son qui a Roma da pochi giorni, reduce da Milano, dove mi piace assai più la vita che altrove. Quella città benedetta pare sia stata fondata per lusingare tutti i miei gusti: ampiezza discreta, moto e tranquillità, eleganza e disinvoltura, ricchezza e parsimonia, buon cuore senza fasto, spirito e non maldicenza, istruzione disgiunta da pedanteria, niuna curiosità de' fatti altrui, lustro di arti e di mestieri, purità di cielo, amenità di sito, sanità di opinioni, lautezza di cibi, abbondanza di agi, rispetto nel volgo, civiltà generale etc. etc. (...) e perciò se a Roma non mi richiamasse la carità del sangue e la necessità de' negozii, là mi fermerei ad àncora, e direi: hic requies mea».

Be', dopo due secoli forse qualcosina è cambiata anche a Milano, ma ora è di nuovo la capitale morale e noi ne siamo contenti, sinceramente.

E Roma? Pare che a Roma la corruzione sia più corrotta, la concussione più concussa, la violenza più violenta e la mafia più mafiosa: tutto più capitale, insomma. Confesso però che sentire continuamente e ossessivamente queste critiche spietate, sia pure giustificabili, onestamente ci deprime un po'. Soprattutto se espresse da parte, ahimè, anche di uomini delle istituzioni. Fare il paragone fra le due città è roba da «Campanile sera», vecchio programma Rai, o da campionato di calcio. Ho letto un titolo: *Milano Roma 1-0*. Un po' di tolleranza, o di misericordia, o rispetto, se non altro dell'anzianità. Tre millenni sono una bella età, e che diamine!

L'ultima notizia è che a Roma gli anticorpi non fanno sistema, a Milano invece sì. Tutti ci siamo guardati stupiti e smarriti: «È colpa tua?», «No, è colpa tua». «*Quarche responsabbile ce sarà pure?*» No. È colpa di Roma.

Poi il dottor Cantone ci ha detto che queste esternazioni sugli anticorpi ci serviranno da pungolo. S'è sentito allora un sospiro di sollievo che saliva dall'Urbe: tutti i romani a dire «meno male», e allora feste, balli; hanno inventato addirittura un ballo nuovo: la pungola. Gajardo. Era ora! Sì, perché sono anni che la città è attaccata dal Nord e da tutto il Paese. Prima erano i leghisti, che per avere un po' di consenso dicevano che semo porci. Ma da un po' di tempo non lo dicono più, che è successo? Forse ce semo lavati; non è che vorranno conquistare il Campidoglio e ce se vonno arruffianà? Sta di fatto che questa è la capitale più disprezzata di tutte quelle del mondo occidentale e dal Paese che dovrebbe comunque amarla, aiutarla, anche se con controlli severissmi. Invece niente. A sentì questi siamo senza speranze, ah che meraviglia!

E allora che altro può fare un popolano se non sfogarsi tra le lacrime e tra le rime, suggerendo magari paradossali soluzioni?

> Che me volete di', che so' volgare
> Se dico che ci avete rotto er cazzo?
> Manco posso parlà come me pare?
> Che me vorreste mette in imbarazzo?
>
> Ve ne volete annà da 'sto Palazzo?
> Portateve via tutto er malaffare!

Lasciatece le chiese per rimpiazzo
Che armeno c'è rimane qualche artare.

Senza che stanno a ffa' tanti misteri:
Se a Milano davero so' più bboni,
Mannamoli lassù li Ministeri.

Però «lassù» nun fateve illusioni
Perché nun c'è domani senza ieri
Pure lì romperanno li cojoni.

Ricordo, dicevate era DA BERE
Un tempo 'sta bellissima città
Ma si se sposterà lassù er Potere
Vedrete, sarà pure da MAGNÀ.

E la mafia, che già sta pure là
Se leccherà li baffi dal piacere
Sapendo che non se dovrà spostà
E lo potrà ffa' in sede er suo mestiere.

Roma piàgne co' tanta commozione
Per l'amore che ha sempre dimostrato
Verso i romani tutta la nazione.

Però, sereni: tutto perdonato!
Ma annate via; ché avremmo l'intenzione
de riposacce, de ripijà fiato.

P.s.: Ve faremo un regalo, un bel cammeo,
Portateve via pure il Giubileo.

Quartina di salvataggio (a proposito di capitale):

Io ve dirò che me fa un certo effetto
Sentì: «Milano ci ha le referenze»
Pare però che non è ancora detto
e c'è chi dice che sarà Firenze.
                              [31 ottobre 2015]

«Che dici, Lorè, ho esagerato?»
   Loretta tace.

9

Olivia picchia duro

Si fermò un suv, ne uscì una «sciura» direbbero a Milano, secondo lei elegante. Una folta chioma rossa, trucco inutilmente pesante a coprire l'età. A Roma impietosamente sono chiamate «pupe ranciche». È terribile ma rende l'idea.

Nel mondo di Giubbileo la chiamano Trudy.

Si avvicinò e salutò: «Ciao, Giubby!».

Tutti i pastori ridacchiarono, poi si voltarono, fingendo indifferenza.

«Non mi vuoi più bene» continuò Trudy «ma io ti ho portato un regalo.»

«Sarebbe?»

Trudy fece scaricare a Battista, il suo autista, un grande rotolo che a fatica allargò sotto gli occhi esterrefatti di tutti: rappresentava il Campidoglio in tutto il suo splendore.

«Ti ringrazio, Trudy, non so che farmene però. Scusa ma ci'ho da fare, magari ci si vede n'artra vorta» disse Giubbileo cercando di liquidarla.

«Non mi vuoi più bene, lo so» sospirò affranta Trudy mentre Battista riarrotolava il Campidoglio.

«Non vedo perché... Ma, credimi, ora non è il momento, stiamo facendo le prove generali, la Madonna è sparita e non so come fare, mi faccio vivo io, tranquilla» e mentre Trudy fece per risalire sul suv, Giubbileo all'improvviso si fermò per un attimo, la squadrò e pensò che forse avrebbe potuto fare lei la Madonna, giusto una decina di minuti per aiutare Silvestro-Giuseppe a entrare nel ruolo.

«Aspetta, Trudy, forse ci sarebbe qualcosa che puoi fare per me. Te andrebbe, senza impegno, di fare una parte solo per pochi minuti di prova?»

«Ma certo, caro.»

«Però la mia Madonna è particolare, ha un grande manto ma si intuisce che sotto è nuda.»

«Ah be', se è solo questo» disse la signora cominciando a spogliarsi nonostante i rigori dell'inverno. E in pochi secondi stava con le zinne di fuori. Mentre Giubbileo cercava di ricoprirla, arrivò Olivia come una furia, che senza sentir ragione, ma avendo sentito bene cosa si dicevano Giubbileo e la signora, diede uno schiaffo a lui talmente forte che tutti i pastori sobbalzarono (come in una coreografia) e poi si coprirono la bocca per soffocare le risa.

La signora non fece in tempo a dire «Guardi, cara, che non facevamo niente di male...» che Olivia zittì pure lei con un pugno.

Tutti i barboni ripresero le loro attività disciplinatissimi, chi a girare la polenta, chi ad affilare coltelli inesistenti, chi a far finta di bere dalla fontana.

Solo quel negrone di Nuvola Bianca continuava a ridersela vedendo che Olivia era diventata rossa dalla rabbia mentre la signora era nera dalle botte. Si erano invertiti i colori.

La signora andò via e con il massimo della finezza: «Avevo il suv pieno di regali, adesso col cazzo che ve li do. Battista, pensaci tu».

Battista, dall'alto dei suoi due metri, ci pensò. Un uno-due fulminante, il primo allo stomaco e il secondo al mento di Giubbileo.

Malconcio per l'ennesima volta, Giubbileo stava per cantare «*Je suis clochard...*» ma si ricordò che era all'inizio della novella e non volle ripetersi.

«Allora Olivia è innamorata di Giubbileo» mi interrompe Loretta.

«Ma quale innamorata?» urlò Olivia a Giubbileo. «Prima mi scritturi e poi dai la parte a un'altra?»

«Non le ho dato la parte, tu sei sparita, c'erano le prove, come facevo?»

«Ma quali prove e prove...»

«Ma sai che sei più bella in questi giorni? Ti sta bene un po' di ciccia in più. Hai magnato?»

«Sì, alla Caritas. Magnato primo, secondo, frutta, caffè, ammazzacaffè, pane e coperto.»

«Vabbè, su proviamo!»

«Con me non ci hai bisogno di provà.»

«Ma l'hai imparata la canzone?»

«La so perfettamente. Quella canzone è della mia terra.»

Olivia sbollì la rabbia cantando una canzone africana, meravigliosa.

Tutti rimasero a bocca aperta.

E Giubbileo cantò, stonando volutamente come una campana per farla ridere: «Un bel dì vedremo, levarsi un fil di fumo, sull'estremo confin del mar...».

«M'è venuta un po' di nausea.»

«Canto proprio male, eh?» disse Giubbileo sconsolato.

«Non è per quello» rispose Olivia ormai calma «ora vado a riposare.»

«Ma Giubbileo cantò davvero così male da farla stomacare?»

«Non fare domande maliziose, Loretta! Mi sembra un bel colpo di teatro questo, no?»

«Io però non ho capito ancora che lingua parla Olivia, sento un dialetto ma non saprei...»

«Ggì, è vero, ma se lo metti in scena li fai parlare in dialetto?»

«Ma, forse, scelgo il napoletano; qualche tempo fa a Roma c'è stata una specie di mareggiata napoletana nei teatri, al punto che nelle scorse stagioni c'erano alcuni teatri tipo il Nazionale che sembrava diventato lo Stabile di Napoli.

Iconoclastico
    [mutuando da Cechov, *A Mosca, a Mosca*]

A Roma, a Roma,
C'era una mosca
Ieri
A teatro
Si dà un gran testo
Certo, rivisitato
Iconoclastico, diciamo,
Com'a dire «È quello,

Ma non proprio;
O, ancor meglio,
Quello
Ma usato
Come canovaccio;
«Performativo?»
Ecco, sì,
E passato al setaccio
Di quel napoletanismo
D'esportazione
Sempre più nazionale
Lessico dilagante.
E, come in una «marcita»
L'acqua
Prosciugandosi
Lascerà di nuovo pronto
Il campo all'uso,
Così tutto,
Dopo l'occupazione,
Avrà sapori e suoni nuovi.
Avremo l'Argentina,
Che, per assonanza,
Presto sarà
'O teatro 'e Margellina
E poi vedremo

«'O sciardino d'e' Ccerase»
«'E tre sore»
Sarà al Partenopeo (ex Eliseo)
«Carmen è na' bambola»
Al Nazionale
E po «'O sposalizio 'e Ficaro», al teatro dell'Opera
«Sette spose pe' sette femminielli»,
(con tanto di piselli in Bellavista),
Rivisitati anch'essi giù al Sistina.
Indi:
«Erano tutti figli a mme»
«A gatta 'n copp 'a 'o tetto che coce»
«O sfizio dell'onestà»
«Peccato ch'è 'na zoccola»
«Uno, nisciuno e cientomila»,
(Tratto da Giggino 'o Pirandello.)
Tutto fatto ad arte,
Arte di rinnovarsi
D'arrangiarsi.
E con Flaiano dire:
Il Louvre sta bruciando:
Tu, se ti trovi lì
Che quadro salvi?
«Ma non c'è dubbio alcuno:
Quello che, scappando,
È più vicino alla porta!

La ricerca teatrale in Italia spesso offre cifre estetiche riciclate, forse involontariamente, da esperienze degli anni Settanta, o giù di lì. Gassman disse una volta a uno che proclamava di voler fare teatro di ricerca: «Per un po' sospendete le ricerche».

A volte il nuovo a tutti i costi può essere vecchio anche se pochi se ne accorgono.

Mi viene in mente Petrolini che una volta, durante uno spettacolo in cui c'era un tizio che lo disturbava dalla galleria gridandogli che non era moderno, disse dal palco: «Io mica me la pijo co' te, me la pijo con quello che te sta seduto vicino che non te butta de sotto».

C'è un altro aneddoto di Eduardo De Filippo che, ormai molto anziano, con la voce flebile, liquidò uno spettatore che urlava «Voce!» rispondendo: «Sono cose che a lei non la riguardano». Geniale.

Un altro maestro della comicità lo incontrai a Milano. Era il 1966 e stavamo lavorando alla *Bottega del caffè* di Goldoni, al Lirico. Sto parlando di Peppino De Filippo: osservandolo durante le prove ho capito per la prima volta che la comicità, l'effetto comico, non si ottiene solo con l'improvvisazione, ma che, al contrario, può essere frutto di una tecnica ben precisa. Soprattutto è una questione di tempi: Peppino De Filippo li metteva a punto con precisione svizzera, in linea con l'antica scuola del teatro popolare. Fissava il tempo della battuta e contava, come se stesse eseguendo un brano musicale.

La tecnica, insomma, è fondamentale, ma nel regno della risata non manca il mistero. A volte una battuta che ha fatto ridere fino alla sera prima, all'improvviso non funziona più. E allora cominci a chiederti: «Sarò io? Saranno loro? Sarà la società? Sarà che non ho digerito? Ma che ho magnato ieri sera?». Si arriva a non dormirci la notte. Sembra incredibile, lo so. L'unico sistema è non pensarci, ma non è affatto facile. Se ci si riesce, prima o poi, magicamente la risata ritorna e tu dormi di nuovo. Il genere comico è difficilissimo.

È indubbio però che le risate più belle te le fai quando la comicità è del tutto involontaria, come mi accadde a Enna, molti anni fa: il radiomicrofono del palco intercettò le frequenze della polizia per un po'. Era tutto un gracchiare e dare istruzioni alle volanti.

«*Essere o non essere...*»
«Volante due, volante due...»
«*Questo è il problema.*»

«All'angolo di piazza Maggiore trovato un individuo ubriaco, ferito...»

«*Se sia più nobile...*» fu impossibile andare avanti con lo spettacolo. Altro che *show must go on*, semmai: «Sciò *must go out*, mejo che se n'annamo!».

Io ho collaborato spesso con Gigi Magni. La sua è una comicità che fa riflettere, mai banale, che utilizzava soprattutto un dialetto romanesco colto. Lavoravamo al Brancaccio e stavamo facendo le prove di *Gaetanaccio*. Era il primo spettacolo teatrale da me prodotto interamente, senza neanche una cambiale. Molto tempo dopo scrissi questo sonetto dedicato a Gigi, in cui ricordo la disperazione che mi prese il giorno in cui capii che non ero pronto ad andare in scena ma non avevo scelta perché il produttore ero io e non avevo più una lira.

'A Ggì, te l'aricordi che grugnaccio
quanno te dissi: "Nun c'è più 'n bajocco?".
Stavamo a mette in scena er Ghetanaccio.
Io m'aricordo. Me dicesti: «Cocco,

er reggista sei te, nun fa' l'allocco:
chiedeje 'n pò de ppiù, a quer gran bojaccio

der produttore, che 'vvò fa' st'accrocco,
che 'ncià 'na lira e 'vvò ggestì er Brancaccio!».

E io te dissi: «'A Ggì, te sei scordato
ch'er produttore so' sortanto io?
E ch'er Brancaccio, io l'ho rilevato?».

Tu me guardasti come 'mbambolato...
E poi ridemmo, quant'è vvero Iddio.
Ridemmo tanto che perdemmo er fiato.

* * *

Torno dal palco sudato, e anche questa replica è fatta! Posso togliere la mia maschera fatta di fondotinta e un po' di matita, e aspettare che arrivino gli amici a salutarmi e a farmi i complimenti... si spera.
Loretta sistema il camerino, ci sono gli abiti buttati di qua e di là. Mi viene in mente un episodio che mi capitò all'inizio della carriera. «Loretta, ti ho mai raccontato di quella volta che sono andato a casa di Flaiano?»

Cominciai a fare teatro con Giancarlo Cobelli nel suo laboratorio di mimo. Mi scritturò per il *Can Can degli italiani*, che stava preparando, perché sapevo suonare; peccato che la musica ancora non fosse pronta. Cobelli era preoccupato: «Qui mi manca un pezzo musicale! Non abbiamo un pezzo musicale!». Nello spettacolo c'erano testi di Vollaro, Arbasino, ma niente era stato musicato.

Eravamo sotto debutto (era il dicembre del 1963) e venne a trovarci Flaiano al Teatro Arlecchino (che tra l'altro fu intitolato proprio a lui nel 1997). Cobelli gli chiese subito: «Hai qualcosa di pronto?», e lui ci fece avere alcuni epigrammi. «Eh, bellissimi, ma non sono in musica!» E così mi proposi: «Se volete posso provare io a musicarlo» e musicai lì per lì, in mezz'ora il brano era pronto. Uscì anche un 33 giri, e ho l'onore di essere indicato come autore insieme a Flaiano di *Oh, com'è bello sentirsi*. Il testo, che poi divenne celebre, recitava così: «Oh, com'è bello sentirsi profondamente intelligenti, per il sesso sdilinquirsi, per la donna restare indifferenti. Rispondere a ogni inchiesta, avere sempre un'opinione, sottoscrivere una protesta, spiegare la situazione. Oh, com'è bello orientarsi con la moda che passa, continuamente rifarsi alla cultura di massa. Giurare sull'arte impegnata, ripetere che l'industria è bella, e chiudere la giornata con un colpo di rivoltella».

Flaiano poco tempo dopo scrisse su una rivista e annotò: «Abbiamo assistito alle prove, poi a un certo punto l'attore Proietti si chiude nel cesso e compone un pezzo musicale». Forse non proprio un'immagine edificante, ma fu una grande soddisfazione. Flaiano era un tipo caustico, si sa; all'epoca si divertiva a provocare Franco Zeffirelli alle prese con Shakespeare, chiamandolo «Scespirelli».

Più avanti lo rividi e mi disse: «Venga a casa mia a trovarmi che io ho nei cassetti un sacco di roba che non è nemmeno pubblicata». Io ci andai, ero un ragazzo e quella visita mi emozionò tantissimo, ma degli scritti che mi mostrò poi non ne feci niente. Non mi sentivo un vero musicista. Ebbi modo in quell'incontro di vederlo sotto una luce diversa, perché Flaiano è sì diventato celebre per le sue battute, ma era un uomo anche malinconico, cupo, silenzioso.

Il brevissimo incrocio del mio destino con Flaiano fu appunto brevissimo; dopo quella visita non lo rividi più, ma il ricordo di quel contatto, quando io ero ancora molto giovane, mi è sempre rimasto.

10

La strada di Giubbileo

«Ggì, ma Olivia era una battona?»

«Possibile che solo perché una vive sulla strada per forza la prostituta deve fare?»

La strada è anche altro, come sappiamo dalla poetica di Jack Kerouac, Gregory Corso e del grande Lawrence Ferlinghetti, al cui stile ho dedicato qualche verso in occasione del progetto, di cui parlò la giunta capitolina, atto a tentare di risolvere il problema della prostituzione: sistemare le ragazze nelle roulotte in una strada a luci rosse e obbligarle a fornire scontrini ai clienti per la tracciabilità. Esperimento da farsi all'Eur (esposizione universale di Roma), oggi municipio. L'Expo dell'era fascista che non aprì mai.

Strada,
Lunga strada
Che passa
Intorno al mondo,
Che resta, lì, fermo.
E, al principio,
Un Municipio soltanto.
L'Eur.
Saltando a piè pari
Parole di antico
Significato
Rinunci, se preferisci,
A capire.
Ma resta lì, la strada,
Privata?
Forse di senso,
Unico che va all'infinito.
E marciapiedi
Di sguardi traversi
O traverse
Di strade più piccole
Illuminate,
Luci rosse
Bluastre
Ma luci

Diverse.
E roulotte, roulotte
Carovane
Infinite
Sognate, e nel sogno
Scontrini
Che attestano
L'atto
Compiuto
Il ricatto e l'oltraggio: LA MULTA!
Qui, proprio qui
Nell'Esposizione che fu Universale...
E intanto roulotte,
Proposte
E mignotte;
E divieti
Di soste
Piovose, bagnate e infelici
Come le tamerici
Troppo
Salmastre
Che qualcuno mangiò
E lasciò tracce
Arse
Di versi

Diversi
Inverecondi
In mondi
Di strade sconnesse
Di buche ancestrali
Remote
Ma sempre presenti
Negli occhi di noi.

E si scopre
Che il mestiere più vecchio
Del mondo, sapete?
Non è quello noto
Da pietra miliare...
O no, o no
Quello è il più antico.
Il più vecchio
È il parlamentare
Che parla
E riflette
Ora on line,
Mescolando Tav e Ipad e beat
Sul treno,
Da beat generation
Sperando che curvi

Al più presto
E lasci vedere chi guida!
Oh, Lawrence dell'antica
Metafora di vita
E di morte
(Ma le ragazze,
Son certe che lo siano?... Di vita?
Che non se ne siano accorte?).

E prelati, laici,
Istituzioni, governi,
Opposizioni,
Coglioni, Facebook,
Twitter che vomitano opinioni
Non richieste
Nel tentativo sempre più vano
Di «esserci». Dove?
Ma lì, cazzone!
Dov'altro se no?

Ed ora
Un bacio
A voi tutte,
Gentili Signore
Del sampietrino.

Un pensiero sano,
Che altro non ho
Per voi:
Il Destino, il Fato
O qualche vostro Dio
Vi consenta di riuscire
Ancora a ridere
Di noi
Della nostra morale,
Che su dai sette colli
Piovigginando sale
Falsa e nebbiosa
Tra soluzioni
Che nessun sa dar
Mentre boccheggia
(Eh sì, boccheggia)
Il mar.

[6 febbraio 2015]

Roma è una sintesi davvero. Non esiste al mondo una città che abbia al suo interno uno Stato straniero. E mica uno staterello qualunque, come potrebbe essere San Marino. Intendevo il Vaticano. È un elemento di prestigio e di grande richiamo, che comporta qualche disagio alla circolazione quando ci sono degli eventi religiosi imperdibili, come, per dirne uno, il Giubileo. Sarebbe ogni venticinque anni, a voler essere ordinari; i papi, tuttavia, se ritengono l'intervallo troppo lungo, possono scegliere un anniversario o una ricorrenza tra le tante che la religione cattolica mette a disposizione e proclamare un Anno Santo straordinario. Del resto il papa è un monarca assoluto, figuriamoci se non può fare il Giubileo quando je pare.

Per quello dell'anno 2000, in vista dell'enorme afflusso di gente e denaro, furono realizzate tantissime opere urbanistiche, ma non fu possibile terminare l'Auditorium in tempo: la progettazione e la costruzione del lepidottero di Renzo Piano presero un intero decennio, dal 1992 al 2002, tra mille polemiche e ritardi dovuti agli immancabili ritrovamenti archeologici. Quando poi finalmente fu inaugurato, Roma – che è cronicamente affetta da scarsità di segnaletica – fu riempita di cartelli stradali che indicavano l'Auditorium: improvvisamente tutte le strade portavano all'Auditorium.

Scrissi questo sonetto aspettando quel Giubileo e facendo parlare due vecchi romani che ricordavano un'epoca molto lontana: l'Anno Santo nel Cinquanta.

Anni Santi

1

«Roma è bbella.» Ricordi, Giovacchino
Quando potemio di' senza imbarazzo
'Sta frase? E se moveva er Ponentino,
Mentre a noi, nun ciannava de fa 'n cazzo?

«È bella, sì, ma fa' finta de gnente
Respirala co' l'occhi, piano piano
Eppoi coll'artri fa' l'indifferente.
Si cchiedono com'è, tu fa' l'indiano.

Dije così: Com'è questa città?
Mah... signore... che vole che je dica...
Se lo scopra da lei. Io ciò da fa.

Dije che ciai da fa', ma che tte frega?
Si te metti a vantà la Roma antica
Verranno tutti qui pe' ffa' bottega.

2

«Famo finta che er traffico è ar collasso
Dimo che qui se campa proprio male
Li servizi so' pessimi, che è basso
Er tasso de la vita curturale.

Dimo che nun c'è manco l'Auditorio
Che presto ce saranno li cantieri
E che se bloccherà tutto er Cibborio.
E che domani sarà peggio de ieri.»

Così dicevi allora, in quell'incanto
Ner Cinquanta, e ce stava l'Ottobbrata.
Ricordi? Rintoccava l'Anno Santo.

Eri profeta, dorce Giovacchino.
Però 'na cosa nun l'hai 'ndovinata:
Che non esiste più, quer Ponentino!

In attesa dell'Anno Santo, a Roma qualche miracolo l'ha fatto il cinema. Soprattutto quando si sono mosse le megaproduzioni hollywoodiane che dai tempi del primo colossal in calzari *Quo vadis* hanno dato da mangiare a migliaia di romani vestiti da romani antichi.

E mi viene da pensare che dagli anni Cinquanta a oggi non troppo sia cambiato, se è dovuto arrivare James Bond a risolvere tutta una serie di situazioni imbarazzanti per le strade della capitale. Chissà se i produttori si aspettavano che girare scene di inseguimenti sul lungotevere o la Nomentana fosse la più impossibile delle mission; sicuramente per chi a Roma ci vive e l'attraversa guidando quotidianamente, quelle in cui la spia e i cattivi sfrecciano sugli argini del lungotevere saranno scene davvero fantasmagoriche. E infatti non è stato semplice realizzarle. Roma si è rivelata il più ostico dei set: per poter girare, la produzione ha dovuto allontanare parcheggiatori abusivi, fornire pasti caldi ai barboni sotto ai portici, ricoprire buche, cancellare scritte dai muri.

La cosa mi ha colpito tanto che ci ho scritto un paio di versi in forma di preghiera:

> Oh James
> Che nei cieli stai
> E aggiusti pietre
> E sassi
> Irregolari!
> Ti scrutano avidamente
> Su dal Pincio
> Perfin le schegge
> Dell'erme
> Dai busti senza testa
> Sorde, si sa,
> Però curiose
> E stranite

Dalla tua presenza,
Dall'opulenza
Angloamericana
Che emana
Da ogni rombo
Della tua Aston Martin.

Tu, Bond
Finite le riprese
Fermati qui
Che il Bel Paese
Implora.
È qui lo spectre, spectre
Delle tue brame.
È Roma la più bella
Che il liquame di cui si ciancia
Non è poi vero;
O meglio
Sarà vero
Ma non intacca
Però l'eterna gloria
Del reame
Che è vivo
Anche se dorme
Un letargo agitato

Dal respiro reso affannato
Dai secoli.
Fermati qui!
Chissà che non riusciamo
A darti un ruolo
Magari da assessore
Pensa che scoop
Dalla giunta con amore
Scopriresti che qui
Non vive un mondo solo
Macché!
Un di sopra
Un di sotto
Uno di mezzo.
Non c'è che l'imbarazzo della scelta.
No? Non vuoi?
Hai capito tutto, eh?
Noi invece ancora no
O meglio, capiamo,
Ma non abbiam le prove
(Chissà se mai le avremo).
Be', che altro dire?
Addio,
Addio James Bond.
Sei stato il sogno di un attimo.

> Noi non avremmo potuto
> Offrirti un regno
> Che, come sai,
> Siamo in democrazia.
> Ma, se torni fra un po',
> Chissà
> Chissà...
> Chissà.
>
> [14 marzo 2015]

Ma Bond non mi ha ascoltato, se ne andò il prima possibile e ha lasciato il popolo romano a combattere con buche e sampietrini. Toccherà trovare un santo vero per rattoppare tutte le buche della città, visto che non è bastato san Marino.

> Ma il popolo è sovrano.
> E basta la parola.
> Nel senso che soltanto la parola
> Basta.
> E il resto?
> Mancia!
> Si intende al cameriere.
> E non c'è più Marino,
> Novello Forrest Gump,

Oltre il giardino
Delle delizie
Dove il bottino,
Quello sì, regna sovrano.
E fu supplizio
Al primo cittadino
Quando lo scontro
O meglio, lo scontrino,
Sembrò che addormentasse la città.
Sonno però agitato
Dal quale ci si può svegliar di colpo
Con appetiti ancor più giganteschi
E sono centouno,
Son giovani e forti,
Ma non son certo morti.
«E dunque sveglia, ragazzi,
Nell'Anno Santo ormai ci siamo,
E lo sappiamo,
Gabbato è lo santo,
Comincia la festa.
Affrettiamoci, allora»,
Sembran dire,
«Rialziamo la testa
Che a Roma
(Piuttosto che ladrona,

Da sempre mangiatoia),
Ogni occasione è buona».
E allora giù con più misericordia,
A ricordar che siamo
Cristiani, cattolici e romani,
E anche tolleranti.
Questa sì è vera virtù
Che insieme alla pazienza
Ha generato nel tempo la grandezza
Dell'urbe còndita,
O condìta?
Non importa.
Contaminatio, oh sì,
Di ruderi e monnezza
Esposta al sole
che fu dell'avvenire
Rimasto nel passato
a impallidire,
Nell'eterno tramonto
di un panorama
Che solo in controluce,
Rifulge,
Ma produce
Effetti di stupore
E di sgomento.

                                          [10 ottobre 2015]

11

È nato un bel bambino

Il giorno della rappresentazione finalmente arrivò. Con le prime note musicali, Giubbileo, che indossava uno zucchetto come quello di babbo natale ma tutto bianco, una specie di pan di zucchero, e un grande camicione lungo fino alle ginocchia e stretto in vita, anch'esso bianco, invitò la folla a trovare posto fra i ruderi: «*Venghino, siori, venghino*».

La piazza delle Due Colonne cominciava a riempirsi. Un flusso che non finiva mai. Giubbileo era stato contattato da un politico cittadino che si offriva per fare la parte di uno dei re Magi. La notizia si era sparsa in qualche salottaccio e altri politici, con segretari, mogli e seguito, si presentarono per la stessa cosa. Giubbileo disse che i Magi ancora non c'erano e sicuramente non sarebbero arrivati per la prima.

«Quelli si inseriscono al 6 gennaio, se volete potete fare qualche pecoraro, qualche pecora, qualche cammello.»

Tutti accettarono pur di avere un po' di visibilità. Giubbileo usò qualche pezza bianca per le pecore e dei sacchi pieni di polistirolo per le gobbe dei cammelli. Tutti mescolati: destra, sinistra, centro, centrodestra, centrosinistra, nord, sud e isole comprese. E li pose tutti su un lato della scena. Marginali.

Le pecore belavano così così. Ai cammelli riuscì meglio: blateravano alla perfezione.

Io non sapevo che il cammello blaterasse. Però sono andato a verificare ed è proprio così: blatera.

Come se non bastasse, la presenza dei politici aveva attirato persone che chiedevano di entrare gratis, usanza quasi barbara che obbliga sempre i teatranti a lasciare dei posti liberi per le autorità. Erano arrivati perfino dei cameraman avvisati dagli onorevoli. Non ne possono più fare a meno.

Giubbileo agitava la sua frusta da imbonitore scacciando i «mercanti del tempio» e invitando il popolo: «*Venghino i siori, ma via i mercanti! Lo spettacculo sta per cominciarre.* Non ci sono posti a sedere, sentitevi tutti pastori, tutti arrotini, tutti pescatori, tutti mugnai, e credeteci».

Si sentì il coro dei politici, alcuni a pecorone, chiedere sbalorditi: «A che?».

«Credetece e basta» risposero all'unisono i barboni.

I politici avanzavano a piccoli passetti, incerti sul da farsi e spintonati dai barboni. Non avevano mai partecipato alle prove e si distinguevano a colpo d'occhio dai barboni. Gli abiti e le scene erano frutto invece dell'ingegno di Giubbileo e dei suoi compagni che con gli stracci e i cartoni erano riusciti a fare di tutto, perfino una mangiatoia costruita a mo' di Colosseo, simbolo della città, con al centro il pagliericcio.

La folla ormai intasava tutta l'area archeologica. Pure Forfora si era lasciato coinvolgere e lanciava della neve finta dalle colonne. C'erano gli immigrati e i frequentatori abituali della piazza, ma c'erano pure molti giovanotti che si avvicinarono credendo fosse una movida e poi si allontanarono contrariati.

«*Venghino, siori, venghino!* Venghino a vedere il nuovo nel mondo antico o l'antico nel mondo nuovo. La fine e il principio di tutto.»

I musicisti, che improvvisavano catturando i rumori della città, diedero inizio all'ouverture seguita dai cori.

Er Piagnone si infilò le orecchie da asino. Il bue non s'era trovato. Al suo posto avevano appeso un grande corno di bue preso in prestito da una macelleria, messo lì più per scaramanzia che per altro.

Olivia era bellissima, ancora più del solito. Cominciò a cantare e la sua struggente melodia africana commosse tutti, eccetto l'asino che rideva, ma lui piangeva così, lo sappiamo.

Anche Giubbileo non piangeva, ma per un altro motivo. Il suo volto si stava modificando, le sembianze rimanevano le stesse ma la pelle del viso si induriva e lentamente diventava sempre più scura e simile a cartone pressato o cuoio. Finché, sotto quel pan di zucchero, rimase una faccia ferma, antica, nera, priva di mobilità...

Finita la canzone, Olivia si inchinò per ringraziare e poi si nascose, o forse cadde, dietro la mangiatoia.

In quel momento, nel silenzio assordante, Silvestro-Giuseppe sollevò dalla mangiatoia un piccolo pupazzo e sul volto di tutti si lesse un'espressione di lieve delusione. Poi, all'improvviso, si udì il vagito di un bambino: VERO. Tutti sorrisero.

Giubbileo capì in quell'istante il motivo dell'aumento di peso di Olivia, capì la ragione di quelle nausee continue. Capì anche qualcos'altro, ma poi ricacciò indietro quel pensiero perché lui non possedeva nulla, neanche i pensieri e quindi nemmeno i ricordi.

Tutti i barboni guardarono verso il punto dietro la mangiatoia dov'era scomparsa Olivia e da dove ora arrivava un gran fascio di luce. Cominciarono a cantare, in tono sommesso, poi sempre più euforici, accompagnando la canzone con un ballo frenetico:

> È nato un bel bambino,
> Vero, nero e ricciolino
> La madre lo adora
> Il padre dov'è?
> Il padre non c'è
> Lo tengo per me
> Lo tengo per me!

Quando si udì il fragore della folla, Giubbileo era ormai lontano, sulla via dei Fori. Sapeva che non ci sarebbe stata un'altra replica. Si udiva appena la sua voce nel silenzio dei Fori Imperiali senza traffico: «*Je suis clochard, vagabundo, drop out*».

Dietro di lui comparve un autobus turistico a due piani, vuoto ma illuminato all'interno, lo coprì alla vista per un po' e, quando curvò davanti al Colosseo, Giubbileo era sparito.

Nel camerino tutti dissero: «Ma è vero?».
«È vero che ve l'ho raccontato.»

Indice

1. Il Giubileo di Giubbileo   7
2. Anche Giubbileo ha un progetto   27
3. Che fine hanno fatto i polacchi?   43
4. Giubbileo e l'amore   55
5. Quando Giubbileo incontra Gaetanaccio   69
6. Questioni di popolo   83
7. Sogno o son pesto?   103
8. Giornata nera per Giubbileo   117
9. Olivia picchia duro   137
10. La strada di Giubbileo   151
11. È nato un bel bambino   167

Aut. H - 80 - 2020

Finito di stampare nel novembre 2020 presso
Elcograf S.p.A. – Stabilimento di Cles (TN)
Printed in Italy